45個人格原型

從神話模型到心理分析，幫助你了解人性，並打造獨一無二的角色與故事

45 MASTER CHARACTERS

Mythic Models for Creating Original Characters

Victoria Lynn Schmidt

維多利亞·琳恩·施密特——著

謝靜雯——譯

CONTENTS

第四部：創造成功的配角 187

第五部：陰性旅程和陽性旅程 217

附錄　315

前言

十年前寫這本書時，我從沒想過它會在市面上流通這麼久，不僅世界各地都能購得，甚至翻譯成多種語言。這麼多讀者認為這本書以及我同系列的其他作品很實用，令我備感榮幸。

你永遠料不到自己的作品會怎麼觸動別人的心。只要發自肺腑說話，以助人為目的，一切就會水到渠成。

寫作者往往只寫自己想寫的內容，而非考慮讀者的需求。我在《進階寫作技巧》裡詳細討論過這一點。簡單來說，這是多數寫作者的一大寫作障礙。如果你想讓自己的作品經得起時間的考驗，就要盡可能為讀者付出，教導、協助、指引他們——是的，故事創作也可以做到這一切。

在你的故事裡使用本書介紹的原型，就能以某種方式協助你的讀者理解這個世界，幫助他們思考、探索和面對人生當前的處境。大多數讀者拿起一本書時，似乎都有這樣的渴望。

歡迎展讀《45個人格原型》，希望你能從中得到啟發，形塑出豐富立體的人物，讓世界各地的讀者都能產生共鳴，並且從中受益。

第一部

原型的力量

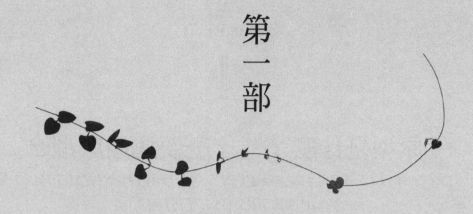

CHAPTER 1

原型是什麼？為什麼要運用原型？

WHAT ARE ARCHETYPES, AND WHY SHOULD WRITERS USE THEM?

原型是公認為通用模型的形象、理想或模式。它存在於神話、文學和藝術中，大體上是超越文化疆界的無意識形象模式。
——Encarta 微軟線上百科

為什麼設計故事的時候需要使用原型？就我的經驗，幾乎每個寫作者都會面臨所謂「三十頁廢話」的情況。你正在寫小說或劇本，腦子裡有個絕妙的點子，花了幾天構思大綱，寫了頭三十頁，接著事情突然發生了——你失去了精力，越來越難寫下去，原先的動能逐漸減緩，寫作障礙隱約浮現，你不再為筆下的傑作感到興奮。

你暗想：「也許這個設定沒那麼好？也許我該換個故事？眼前這個寫不下去了。」

別放棄你的故事。好消息是，問題通常不在於你的故事，而是你的角色。如果你的推力——也就是你的角色——很微弱，故事要怎麼向前進展？如果你把「圖書館員」這個樣板套入自己的角色，只會得到一個空泛的概念，無法得知他的動機、目標和恐懼。如果角色在你心中只是一個樣板或一張白紙，要如何挖掘他的新穎、精彩之處？你也許設想了一些情節轉折點（plot points），但你是否想過角色在面對轉折點的情境時會有什麼反應？推動故事前進的不是這些轉折，而是角色的反應。當角色決定勇闖一棟著火的建築，不該是因為情節轉折說他應該這麼做，而是因為他的天性使然。

聽過〈蠍子和青蛙〉這個故事嗎？青蛙不巧碰上蠍子，求蠍子放過他一命。蠍子說，只要青蛙背他過河，他就不會殺了青蛙。青蛙問：「我背你的時候，怎麼知道你不會害我？」蠍子回答：「要是我攻擊你，我們兩個都會死。」青蛙想了想後答應了。河過到一半，蠍子往青蛙的背上一螫。當他們倆開始往下沉，青蛙問：「你為什麼攻擊我？現在我們兩個都死定了。」蠍子用最後一口氣說：「因為這是我的天性。」

你的角色的天性是什麼？運用原型可以幫你找出這個問題的答案。

天行者路克、桃樂絲、亞哈船長等經典角色

當你一想到這些角色，心中幾乎會立刻對他們湧現非常真實的感受。他們不是平淡的扁平角色，而像是可以引起我們共鳴的真實人物。他們在我們心中激起強烈的情感，讓我們想要仿效，或是引以為鑑、以免重蹈覆轍。令人難忘的不是他們置身其中的故事，而是他們性格的深度與立體感。這不是說每個角色都得高貴完美，比如「戰士公主」西娜的黑暗面就讓她顯得複雜、人性化且有趣。

這些角色都各自體現一種通用的原型，而這些原型幫助他們存在於一個強韌的人物弧線（character arc）中。「人物弧線」呈現一個角色在故事裡歷經的轉變，每個精彩的角色都會從故事裡的經驗中學習與成長。到了故事的結尾，你的角色必須從自己的旅程裡有所學習，成為一個煥然一新的人。

本書討論的主要原型，分成三十二個男女主角與反派，以及十三個男女配角。除了這些人物側寫，也可以看到關於十三個配角原型模式的資料。

《星際大戰》（*Star War*）的天行者路克（馬克・漢米爾飾演）可以在「男性救世主」原型裡看到，而《白鯨記》（*Moby-Dick*）的亞哈船長可以在「國王」這個原型裡看到。《綠野仙蹤》（*The Wizard of Oz*）的桃樂絲（茱蒂・嘉蘭飾演）充分體現了「天真少女」原型，《西娜：戰士公主》（*Xena: Warrior Princess*）的西娜（露西・洛里斯飾演）則完美呼應了「亞馬遜女戰士」原型。雖然這些角色遠比原型豐富，但是原型啟發了創作者對人物的深入挖掘和細節，使他們變得有趣。

原型是什麼？

對心理學家來說，原型是心理指紋，揭露了病患的人格細節。對寫作者來說，原型是藍圖，用以建構刻畫分明的人物，不論是男女主角、反派或配角。

在榮格心理學裡，希臘眾神代表了七種角色原型。本書從寫作者的視角審視這些原型，並增加一個救世主原型。榮格並未探索這個受到啟蒙的強大存在，而《駭客任務》（*Matrix*）證明了這種原型在故事和電影裡很受歡迎。

「原型」這個寶貴的工具經常受到寫作者忽視。但原型能讓你深入挖掘角色的內在，將他視為某種類型的人，對於故事裡的衝突有特定的反應方式，而不單單只是「角色甲」或「圖書館員」。寫作者創造出來的角色，行為模式往往和作者本人沒兩樣，原型可以協助你避免這種情況。

運用原型來濃縮角色的本質，使其躍然於紙上，就不會和其他角色混融不分。每個原型都有自己的動機、恐懼和掛心的事物，它們會推動角色前進，也推動情節發展。

一旦選好了原型藍圖，家庭、文化、階層和年齡，都會形塑這個角色如何表達自己的本質。唯有詳盡瞭解這個角色的各個面向，我們才能決定他在情節裡遭遇各種狀況時會有什麼作為。

原型 vs. 刻板印象

小心那些把刻板印象視為原型的書籍。要創作出激動人心的新穎角色，寫作者必須避開刻板印象。刻板印象是對人過度簡化的歸納，通常源自於個人的偏見，但原型是來自於全人類的經驗，而非個人的觀點，因此不帶評斷和臆測。

當你用「典型的圖書館員」來形容一個角色，就是要人接受這樣的假設：所有的圖書館員都是文靜的老姑婆。這種描述限制了角色的成長及各種可能性。這個角色有什麼不為人知的恐懼和祕密？他的動力是什麼？原型能協助你回答這些問題。

刻板印象可以用來描述某個原型，但刻板印象只是膚淺的模仿，只是用來創造角色的大圖像裡的一小部分。

用原型來寫作

▽擴張你對主要角色的想像

選一個想寫的角色。如果你已經寫了一個故事，就挑一個想要改寫、加強的角色。決定原型之前，先釐清你對這個角色有什麼想像。

這位看不見的英雄正站在你面前，像個等待被畫出來的卡通人物。稍微閉上雙眼，想像一下當你回答這些問題時，角色變得生動鮮明起來：

臉龐——圓潤或瘦長？為什麼？從他的臉看得出他的過往、年齡、職業和階層嗎？眼神是哀傷或是淩厲？

皮膚——膚色深或淺？是嬌慣的男人那種柔嫩肌膚，或是藍領男人那種粗糙皮膚？

頭髮——長或短、捲或直？大多數母親要照顧寶寶，早上沒時間梳理而把頭髮剪短，除非她們請得起保母。

年齡——什麼年紀最適合傳達這個角色的內在掙扎？如果你的角色是個離婚的母親，為了照顧家人而放棄自己的生計，那麼她在四十歲時要重新起步，會比二十歲來得更扣人心弦。關於角色人生階段的資訊，請參見第十章和第二十四章。

體型——她是體態豐腴的女性，有著生過五個孩子的臀部？還是像個優秀運動員一樣結實、有肌肉？

風格——很時髦還是很落伍？打扮得太老氣嗎？

你的印象——你喜歡這個角色嗎？為什麼？找出你想要花一年寫這個角色的理由，這樣做能幫助你說服讀者也愛上它。

▽這個角色最吻合哪個原型？

釐清這個角色的基本人格元素。以下這些問題能幫你辨認相應的原型。

- 她是內向或外向？
- 他是憑直覺或邏輯思考，還是感情用事來解決問題？？
- 她想改變世界嗎？
- 他住在哪裡？描述他的臥房。那是住家最隱密的空間。
- 她對自己的外表有什麼看法？
- 他對家庭和孩子有什麼看法？
- 她對男人和婚姻有什麼看法？
- 他有什麼嗜好？
- 她有哪些類型的朋友？
- 他覺得有趣的事情是什麼？
- 她對自己的性傾向（sexuality）有什麼看法？

• 他喜歡控制周遭的一切嗎？
• 其他角色在背後怎麼說她？
• 他認真看待生活，還是通常表現得像個孩子？
• 她會在哪裡度過週日下午？是一個人在書店裡？跟朋友喝午茶？還是瀏覽工作上的資料？

現在你有了基本答案，可以看出自己的角色最吻合哪個原型。瀏覽接下來幾章的原型時，你會開始看出哪個原型可能「合拍」——符合角色的特徵，協助你以新的方式發展那個角色——也能夠看出是否有哪些角色元素並不符合這個原型。角色要保持一致性，才能讓讀者覺得栩栩如生。比方說，我們會預期「父之女」這個類型應付不了滿是孩子的房間，要是她坦然接受這種處境而且遊刃有餘，就會給人很不真實的感覺。想想《嬰兒炸彈》（*Baby Boom*）的「父之女」潔西・懷特（黛安・基頓飾演），她花了好些時間才搞清楚怎麼換尿布。再想想《魔鬼孩子王》（*Kindergarten Cop*）的「保護者」（Protector）約翰・金柏警探（阿諾・史瓦辛格飾演），在跟孩子們相處時頭痛不已，把他們當成軍校學生，花了些時間才學會怎麼跟他們和平共處。

CHAPTER

2

如何使用原型？

HOW TO USE THE ARCHETYPES?

勾勒出主角的輪廓之後，現在必須填入他的性格。除了角色速寫及洞察原型心理，以下的章節也會提供工具，協助你為每個原型回答這些問題：你的角色關心什麼？害怕什麼？動力是什麼？其他角色怎麼看待他？

你的角色關心什麼？

一般來說，所有角色都有各自關心的事物。傳統上，要寫作者定義一個角色時，會提出以下的問題：「如果你的角色困在荒島上，他會希望手邊有哪三樣東西？」或是「如果他的房子燒毀了，他最想念的會是什麼？」

每個原型都有一套不同的價值觀，以決定他們看重的是什麼。有時候，主角最在乎的不是某件物品或某個人，而是某種生活方式。「亞馬遜女戰士」寧可死也不肯放棄獨立自主，就像《末路狂花》（*Thelma & Louise*）的女主角一樣；「國王」原型在孩子拒絕遵守他的規則時，會拋棄孩子。

你想知道這個角色在意什麼，不光是為了告訴讀者他是什麼樣的人，更是為了把他最在乎的事物置於險境，在他試圖追求目標時製造障礙。一個角色可能會很在意是否可以達成目標，但他可能更在乎拯救朋友的性命，並且為了拯救朋友而讓目標從手中溜走。想想《西娜：戰士公主》的西娜（亞馬遜女戰士），情節主線可能會將她帶到一座村莊，她必須從一個邪惡軍閥手中拯救它，可是突然間，她可靠的朋友與知己嘉貝麗遭人綁架了，但西娜會拋下一切去救朋友，即使這意味著會毀了這座村莊。

不要讓原型主導你的情節主線。一個角色可能很在意婚姻，就像「女族長」類型，但是選擇這個原型不代表你就必須寫出關於婚姻的情節。不論你把角色放在什麼樣的情節主線，這種渴望都會滲透到場景和章節裡的對話，以及潛台詞裡。

你的角色害怕什麼？

為他帶來惡夢的是什麼？在深夜裡聽到聲響，他會有什麼反應？他覺得發出聲響的會是什麼？一個角色會面臨的最大考驗來自於恐懼。看到一個極度怕水的角色跳進水裡搶救親人，比起看到奧林匹克游泳選手做同樣的事更具有懸念。

角色的恐懼源自原型的心理層面，以及過往的經驗。比方說，「商人」類型偏好城市生活和文明，將這個特點與「因為兒時露營發生意外，所以害怕野生動物」結合起來，你就有了一個恐懼野外的角色，也許他的活動範圍僅限於城裡的家和辦公室的四面牆，某天，老闆要他為了一筆帳到偏遠的鄉間出差，而既然他最在乎是工作，就會被迫直接面對自己的恐懼。

問問你自己，這個角色在兒時遭遇過什麼事才造成這種恐懼，接下來你就可以持續釋放這個訊息給讀者。

角色的動力是什麼？

琳達・席格（Linda Segar）在《讓好劇本更精彩》（*Making a Good Script Great*）一書中概述了七種角色動力，「說明了是什麼在驅動我們、我們想要什麼，以及得不到的時候會有什麼風險。」這七個動力分別是：

生存——活下去的基本需求。

安全與保障——一旦基本需求滿足了，我們需要感到安全、有保障及受到保護。

愛和歸屬——一旦有了住所，我們就會渴望有家庭、社群或連結的感覺。無條件的愛和接納。

尊重和自愛——透過一生的作為所獲得的愛和尊重，受人景仰與認可。

認識與理解的需求——對知識的追求。我們生來就有求知欲，想知道事情如何運作、如何互相配合。

審美／感性——平衡的需求，生活的秩序感，與超越個人的事物有所連結的感受。它可以是靈性上的。

自我實現——自我表達；傳達自己是誰；無論是否受到大眾認可，都能展現自己的才華、技藝和能力。

每個原型都會在特殊的情況下和其中一種動力產生共鳴。原型本身和這些驅策的力量息息相關——你會在接下來的章節裡，看到它們如何促使角色做出誇張的表現。

其他角色怎麼看待你的角色？

你角色的穿著和欲望如何呼應他的原型？我們在街上要怎麼認出這個原型？比方說，「亞馬遜女戰士」類型偏好運動褲這種舒適的服飾，而「商人」類型會選擇設計簡潔的西裝。其他角色在背後怎麼說他？他們怎麼解讀他的行徑和觀點？他們會怕他嗎？他們嫉妒她嗎？他們對他的認識準確嗎？這個角色會讓其他人知道她的本性，或是會將真實的一面隱藏起來？

非傳統的運用

運用原型的時候要發揮創意。它們只是指引。比方說，當我說到「國王」這個原型——喜歡控制、整齊有條理、帶領他人、提供建言等等——很容易就會想到《黑道家族》影集裡的老大東尼這樣的人，他相當吻合這個原型。不過，《歡樂單身派對》影集的傑瑞．史菲德也符合這個原型，大家都到他家來，請他提供建議；一切永遠都在他的掌控之中；他整齊有序，條理分明。他的角色是這個原型的喜劇變化版。

想想「亞馬遜女戰士」原型，西娜、《尼基塔女郎》影集（皮塔．威爾遜飾演）、《異形》的愛倫．蕾普利少尉（雪歌．妮薇佛飾演）都符合這個原型。然而，《麻辣女王》（珊卓．布拉克飾演）也一樣是個亞馬遜女戰士：她被迫參加選美比賽，卻對髮型、彩妝或造型一竅不通。使用原型時，你一定要發揮創意。

應該選擇哪個原型？

如果你已經想好了故事，想想若是用各個原型當主角會有多麼不同。挑出三個原型，替每種類型擬出一頁故事大綱。以原型的恐懼和欲望為基礎所發展出來的新轉折和事件，可能會帶來驚喜。記得要選一個面對故事裡的障礙時，最有成長空間的原型。把「國王」放進一個眾叛親離的故事裡，把「父之女」放進一個將她帶往荒郊野外的故事裡。原型角色一定要從你給他們的經驗裡有所學習，這樣他們就會比原型更為豐富。

首先，挑一個你有興趣的原型，用他的恐懼來對付他，看看是否會很有意思、很具挑戰性，甚至會產生喜劇效果。

結合不同的原型

基本上，我們的性格裡可能有好幾個原型，但通常是由其中一個主導。對於每個原型，我都會問：「早年發生過什麼事，在你的性格裡培養出這個原型？」在成長時期，通常會有某個事件使我們為了生存而自我調整，而我們適應它的方法會展現出主導的原型。

當我們處於任何一種壓力之下，這個主導的原型就會出面接管。一個「養育者」類型可能支持獨立平等，但這不表示她會是「亞馬遜女戰士」。她是否採取行動來推動這些信念？抑或它們只是她背景故事的一部分？在主要的場景裡，她是扮演養育的角色，還是宣告自己的主張？基本上，我們可能都支持拯救雨林，但我們當中有多少人願意將自己綁在樹上，像亞馬遜女戰士一樣為此奮戰？

同理，一個扶養孩子的「亞馬遜女戰士」，在故事結尾面對反派時，絕對不會畏縮退讓，因為她內心深處依然是個「亞馬遜女戰士」。

一旦勾勒好角色的輪廓，也塗上了他的性格基礎色彩，你便準備好跨出最後一步，在這本書的旅程章節裡設計情節與構思人物弧線。

練習

◎如果你還沒試過，先挑出三個原型，替每個原型寫下一頁的故事梗概。留意每個原型怎麼影響情節或是為情節增添新的轉折。

◎寫兩頁來解釋你的角色，看它是怎麼符合你所挑選的原型。比如，如果角色的原型是「國王」，可以這樣寫：他喜歡盡可能控制一切，尤其是自己的家庭生活。他去上班的時候，經常會對辦公室那些擅長電腦的年輕孩子大吼，因為他不懂最新的軟體，而他們讓他自覺笨拙又不足。

◎讓你的角色對你說話。以第一人稱寫下一頁，讓角色告訴你，她對你為她設定的目標有何感受。

第二部

創造女主角和反派

CHAPTER

3

阿芙蘿黛蒂

衍伸原型# 魅惑繆思 vs. 蛇蠍美人

Aphrodite：The Seductive Muse and the Femme Fatale

阿芙蘿黛蒂從象徵情感疆域的海洋深處升起，展現無瑕的美麗形象。她以隱約的矜持遮掩自己，但並未縮身低頭，也不閃避你的目光。她以無邪的笑容對你散發魅力，深知自己早已攫住你的注意力。她從海裡款款走出來，髮絲在輕風中飛揚。海洋生物寧願放棄生命，只為了追隨她到陸地上，多看她一眼。她感受周遭的景象和氣味，彷彿是個置身異地的孩子。對她來說，一切妙不可言、美麗無比。欲望和愛跟隨著她，將明智的男人變成了傻瓜。

魅惑繆思

魅惑繆思是知道自己想要什麼的堅強女性。她對生活有強烈渴求，永遠追求感官的滿足。神祇賦予她創意、美麗、愛情和豐足，使她投身於創意工作，向世界展現自己。她是發明高手，也頗具遠見，往往可以看出解決人生問題的最單純解答。當卡車司機想不通要如何讓太高的卡車穿過公路隧道時，她是建議司機將輪胎的氣放掉的那個孩子。

她心中充滿了對愛情和與男人連結的深切渴望，可是她無法放棄追求刺激感。她需要許多戀情和感官體驗，好讓自己保持動力和活力。除非是需要深層專注的創意活動，否則她無法單獨做任何事情。她是天生的療癒者，深切關心他人的感受，試著幫他們治癒傷口。

在我們的文化裡，這種原型具有負面名聲。她秉持天性，公開崇尚性愛以及伴隨而來的力量，令社會難以招架。在古代，阿芙蘿黛蒂神廟裡的性愛結合，被視為神聖且具淨化作用的行為。然而到了現代，社會不信任性活躍的女人，將其貶低為妓女、蕩婦或蛇蠍美人。不過，美國近來興起一種女神運動，試著重新將力量賦予這個女性形象。

魅惑繆思公開不諱的性欲，使她在渴望結婚和組建家庭時遭遇阻礙。她往往發現自己扮演情婦的角色，男人很難將她視為賢妻良母，即使她的青春魅力能為婚姻帶來愛情和情趣。性既是她人生難題的解答，也是起因。

看看《慾望城市》，你可以在莎曼珊．瓊斯（金．凱特羅飾演）這個角色身上找到這個原型的現代版本。她不是妓女、蕩婦或蛇蠍美人，只是個熱愛性愛、不在乎別人如何看待她的美麗女人。

▽魅惑繆思在乎什麼？

- 魅惑繆思在乎男人——至少是戀情裡的親密部分。她喜歡掌控，但不是公然支配男人。她以個人的魅力暗地操控他們。她是肢體語言的專家，總是能識破他人暗藏的欲望。她試著喚醒伴侶和朋友身上的這些欲望，釋放他們壓抑的情感。
- 如果她受到傷害，就會在她與戀人之間豎起情感的高牆，告訴自己「更好的對象就快出現了」。
- 她很看重和其他女性之間的關係，可是很少能夠交到真心的朋友。她希望其他女人可以像她一樣公開展現性欲，但只有同類的人才可能理解她這種強烈的感受。同時，她也無法理解其他原型。在她看來，「養育者」相當無趣，而「父之女」在精神上過度專注且死板。她自己則是活在當下，不願受到這些原型的友誼所牽制。
- 雖然她可能不願意承認，但她渴望成為注意力的焦點，希望自己是在場最迷人的女性。她熱愛自己的身體，只要有機會就會加以炫耀。她的身體是她自我認同的一部分。
- 她看重任何形式的表達——跳舞、歌唱或繪畫。她在性方面的創意能量可以透過這些媒介抒發出來，進一步成為她的執迷。

▽魅惑繆思害怕什麼？

- 魅惑繆思害怕失去自己的性感、魅力和創造力，這對她來說等於天崩地裂。如果她感染了性病或遭受侵害，就會發生這種情況，並在她的情感中心留下永久的傷痕。

- 任何一種拒絕對她來說都是極大的打擊，尤其來自戀人。她對男人的魅力會為她帶來力量，而她希望自己是主動斬斷戀情的那個人。她就像和凱薩陷入愛河的埃及豔后——性感強大、詭計多端。
- 她很害怕衰老，衰老等同於魅力和吸引力的終結，會讓她陷入孤獨。她可能永遠都不會結婚，但她因為害怕孤立而更想有人陪伴和關注。她相信青春和魅力才能將人留在身邊。
- 她渴望成為注意力的焦點，卻又害怕其他女人會因此憎恨她。她最好的朋友似乎是「亞馬遜女戰士」，她們同樣外向，但對方會像大姊姊一樣保護她這類型的人。「天真少女」這個原型會景仰她，就像《夢幻島》影集裡的瑪麗安（冬恩．威爾斯飾演）景仰琴吉．葛倫（蒂娜．露易絲飾演）那樣。許多女性渴望像她一樣拋開束縛，卻往往不得其門而入，最後嫉妒起她來。她和同類人很快就會彼此較量起來。

▽魅惑繆思的動力是什麼？

- 她最大的動力就是自我實現。無論能否得到眾人的認可，她都有創作的衝動。她的靈魂深處有一種需求，驅策她產出作品、充分體驗人生。如果沒有創作的出口，她就會透過性愛來表達這種驅力。就像《第六感追緝令》裡的凱薩琳．崔梅爾（莎朗．史東飾演），在寫作之餘，就透過性愛來玩弄男男女女。

- 她需要愛情、連結和創造力才會快樂。投入計畫時，她可能無法貫徹始終；她喜愛過程甚於一切。當計畫結束的時候，樂趣也跟著結束。

▽其他角色怎麼看待魅惑繆思？

- 有些女性會嫉妒她受到的矚目，而她可以從她們的眼神裡看出來。有多少女人和瑪麗蓮·夢露同處一室的時候會覺得自在？她們不明白她對男男女女所散發的魅力和吸引力。她性感繽紛、熱愛生活，這是多數女人培養不來的。她們看著她，自慚形穢。
- 她穿著誘人，有時候領先於潮流，甚至能夠創造潮流。她總會在裝扮上添加一點獨特性和格調，似乎無懈可擊——髮型、指甲和肌膚全都光彩耀眼。她有一種發自內在的光芒，散發著明星風采。

▽發展人物弧線

先看看你的角色在故事裡的主要目標，再看要用哪些令她恐懼的事物來試煉她。她需要學會什麼才能克服恐懼？她需要學習怎麼獨處嗎？她需要將另一個女人培育成性感女神，自己從聚光燈下退出嗎？

魅惑繆思經常希望別人肯定她的腦袋，而不只是外表。她會領悟到外表只是短暫、膚淺的。她希望找到真正瞭解自己真貌的知己。她需要學習坐下來計畫未來，而非總是活在當下。

早年發生過什麼事，使這種原型主導她的個性？她是不是特別得寵的孩子，因為天真迷人的舉止而備受寵愛？她的成長文化是不是鼓勵女性開放與付出？她是否受過性虐待，現在不自覺地到處跟人發生關係、自輕自賤？

為了有所成長，這個原型最適合和以下的原型搭檔：

女性之友——可以教導她不只珍惜自己的身體，也珍惜自己的心智和心靈。

救世主——可以教導她怎麼將性能量轉而用來提升心靈。

隱士和神祕客——可以教導她怎麼獨處而不害怕被遺棄，也教導她如何深刻認識自我。

亞馬遜女戰士——可以教導她怎麼設下界限，將紀律視為生活中的正向元素。

▽魅惑繆思的條件

- 喜歡成為萬眾矚目的焦點。
- 需要表達自我。
- 聰慧，富有創意。
- 感性，感受力深。
- 以健康的方式愛自己和自己的身體。不會飲食失調。
- 喜愛打扮，穿誘人的服飾。

- 享受性愛。
- 欣賞同性友誼，但有時會覺得被排擠。
- 鼓勵其他女性發揮創意、表現性感；為男性帶來靈感。

▽魅惑繆思的缺點

- 無法自己一個人做事。
- 活在當下，從不思考或計畫未來。
- 容易墜入情網，也容易移情別戀——先愛上他們，又離他們而去。
- 習於操控別人，愛挑逗人。
- 衝動成性，性生活混亂。
- 過於自我中心。

魅惑繆思的反派角色：蛇蠍美人

反派的魅惑繆思，會刻意用自己的魅力來控制男人，要他們做出違反本性的事。她是「蛇蠍美人」，誘使正派男人踏上殺人越貨的歧路。她誰也不信任。她對人生感到厭倦和失望。她只珍視自己的身體，因為別人對她言聽計從而自覺強大。認為社會虧欠她，她只是取走自己應得的。

她可以指使男人替她辦事，從來不必弄髒自己的手。她會撩撥逗弄男人，在他們面前搔首弄姿，有如吊掛紅蘿蔔誘惑驢子那樣。全心追求她的男人不是死於非命，就是身敗名裂。只要看看任何一部黑色電影（Film noir），就可以尋獲她的身影。

她要對付某個情人時，場面可能會變得很難堪。如果他已婚，她最先想到的手段會是勒索，不過如果受到羞辱，她會竭力保住自己的顏面。她不會輕易扮演受害者的角色，寧可死也不會放棄美貌或權力。如果更年輕的女子想取代她成為注意力的焦點，那就要當心了。套一句《彗星美人》（*All About Eve*）裡貝蒂．戴維斯所說的：「繫緊你的安全帶。今天晚上會很顛簸。」

她的行為模式是過度情緒化，需要關注。她對問題的容忍度很低，在淡定和看不透的表情底下，她的情緒快速轉變。她就像顆倒數計時的炸彈，但一直到爆發才會有人知道。她對批評相當敏感，過度在意外表。

她會暗示男人去做某件事，以性愛作為完成任務的獎勵。她將身體當成武器。她覺得如果男人笨到落入她的陷阱，是他們自己的問題。童年時期沒人給過她什麼。她必須操控別人，用上天賜予她的事物來求生存。她誰也不信任，一心想證明自己不是任人宰割的一塊肉。

▽蛇蠍美人的特質

- 覺得誰也不能信任。
- 刻意以性愛的承諾來操控別人，而且除非不得已，否則不會兌現諾言。
- 不受道德約束。

- 抱持的心態：不是痛下殺手，就是坐以待斃。
- 演技過人，眼淚說來就來。
- 在乎金錢和權力，這些對她來說就等於生存。
- 不忠實。
- 對性愛一事滿不在乎，可以不帶感情。
- 沒人知道她何時說真話。
- 變色龍，見人說人話、見鬼說鬼話。
- 利用外表引誘他人掉入她的陷阱。
- 需要成為關注的焦點。
- 在淡漠且看不透的表情下，情緒迅速變換。
- 對批評相當敏感。

▼阿芙蘿黛蒂，現身！

電視影集中的魅惑繆思／蛇蠍美人

◎《慾望城市》（*Sex and the City*）的莎曼珊・瓊斯（Samantha Jones，金・凱特羅飾演）

◎《凡夫俗妻妙寶貝》（*Married With Children*）的凱莉・邦迪（Kelly Bundy，克麗絲汀娜・雅柏

蓋特飾演）

◎《夢幻島》（*Gilligan's Island*）的琴吉・葛倫（Ginger Grant，蒂娜・露易絲飾演）

◎《雙峰》（*Twin Peaks*）的奧黛莉・霍恩（Audrey Horne，雪琳芬飾演）

◎《我的孩子們》（*All My Children*）的艾麗卡・凱恩（Erika Kane，蘇珊露琪飾演）

電影中的魅惑繆思／蛇蠍美人

◎《第六感追緝令》（*Basic Instinct*）的凱薩琳・崔梅爾（Catherine Tramell，莎朗・史東飾演）

◎《艾維拉驚魂》（*Elvira, Mistress of the Dark*）的艾維拉（Elvira）

◎《郵差總按兩次鈴》（*The Postman Always Rings Twice*）的柯拉・史密斯（Cora Smith，拉娜・透納飾演）

◎《麻雀變鳳凰》（*Pretty Woman*）的薇薇安・沃德（Vivian Ward，茱莉亞・羅勃茲飾演）

◎《保送入學》（*Risky Business*）的拉娜（Lana，蕾貝嘉・狄摩妮飾演）

◎《酒店》（*Cabaret*）的莎莉・波爾斯（Sally Bowles，麗莎・明妮莉飾演）

◎《火爆浪子》（*Grease*）的莉佐（Rizzo，史塔克・錢寧飾演）

◎《迷魂記》（*Vertigo*）的瑪德琳・艾斯特／茱迪・巴頓（Madeleine Elster/Judy Barton，金・露華飾演）

文學和歷史中的魅惑繆思／蛇蠍美人

◎埃及豔后（Cleopatra）
◎大利拉（Delilah）
◎莎樂美（Salome）
◎瑪麗蓮・夢露（Marilyn Monroe）
◎瑪麗一世（Mary, Queen of Scots）
◎古斯塔夫・福樓拜（Gustave Flaubert）著作《包法利夫人》（*Madame Bovary*）的艾瑪（Emma Bovary）
◎約翰・伯蘭特（John Berendt）著作《善惡花園》（*Midnight in the Garden of Good and Evil*）的夏布利夫人（Lady Chablis）
◎瑪格麗特・米契爾（Margaret Mitchell）著作《飄》（*Gone With the Wind*）的郝思嘉（Scarlett O'Hara）
◎威廉・薩克雷（William Makepeace Thackeray）著作《浮華世界》（*Vanity Fair*）的蕾貝卡・夏普（Rebecca Sharp）

CHAPTER

4

阿特蜜斯

衍伸原型#亞馬遜女戰士 vs. 蛇髮女妖

Artemis: The Amazon and the Gorgon

女神阿特蜜斯漫步於月光灑照的參天林間，貼身帶著一把銀弓與箭。她在夜色中穿行，守護天真的少女，尋覓對手來磨練她高明的箭術。她是眾神和野獸當中的首席獵手。她在荒野間行走於月光下時，永遠耳聽八方，諦聽少女、人類或動物的聲響，看看是否需要她協助生產或抵擋侵犯。她性情急躁，得罪她的人必定受到懲罰。她是個選擇獨身、自給自足的女神。一旦設定了目標，她就會全神貫注，不達目的不會罷休。

亞馬遜女戰士

亞馬遜女戰士是女權主義者，對女性議題的關注大過於自身安危。她會甘冒個人的風險，毫不遲疑挺身救助另一個女性或孩童。她很看重與其他女性的友誼，但是由於她雌雄難辨的姿態，很難建立這樣的友誼。她的男性面向和女性面向一樣強烈，有時會讓她不明白要如何和他人打成一片。她不追求時尚潮流，也不欣賞全職持家或事業心強的女性，而現在的女性大多脫不開這兩種。

她是個大半時間都在大自然裡活動的奔放女子。長時間棲居城市裡會讓她悶悶不樂，直到發現自己真正的熱情在於野外。在空氣清爽的夜裡獨自散步，會讓她的身心恢復平衡，她從不害怕夜間獨自在外。

她是某種「大地之母」，將地球資源的再利用和保護運動視為己任。她依憑直覺與本能行動，熱愛旅遊和探索異地風光。

《鐵達尼號》的蘿絲（凱特．溫斯蕾飾演）就是一名困在籠中的亞馬遜女戰士。

▽亞馬遜女戰士在乎什麼？

- 亞馬遜女戰士深深關切女性、自然和大地。政府開始管控自然資源附近的土地時，她會和政府反目。她相信地球屬於每個人，認為沒有人能夠霸占土地，她想去哪裡就去哪裡。
- 她照顧女性和孩童，力抗父權制度。她認為每個人都應該享有自由和獨立、女性在任何情況下都和男性平等。

- 她最愛的消遣是競技運動，勝利永遠是她的目標。

▽亞馬遜女戰士害怕什麼？

- 亞馬遜女戰士害怕失去獨立和自由。她以能夠照顧自己為榮。坐牢或癱瘓會擊潰她的意志。她很重視自給自足，看不起那些依賴成性、需要呵護的人，雖然她會出面幫助他們。
- 愛好競爭的天性使她害怕失敗，無論是工作或運動賽事。她尤其不想輸給男人。她擔心別人會反覆提醒她失敗的事。她喜歡證明自己能與男人旗鼓相當，尤其是在體能方面。
- 她最怕處於脆弱易傷的狀態。她寧可死也不要成為受害者，尤其是性侵，她永遠無法從這樣的屈辱中活下來。她會和攻擊者奮戰至死，讓對方明白自己不好欺負。
- 她不怕自己的死亡，但害怕其他女人和孩童因為她未能及時救援而喪命。她的身分認同就是救援者。
- 她怕其他女人會因為她的陽剛氣質而疏遠她。她對彩妝和髮型不感興趣。她是「我們出門晃晃，好好大鬧一場吧」那種女生。她很看重同性友誼，卻很難找到同類人一起活動，結交的朋友往往男性多於女性。

▽亞馬遜女戰士的動力是什麼？

- 生存是她最大的動力。她喜歡一個人待在荒郊野外，靠自己的力量生存。她和野生動物與自然的關係，賦予她靈敏的直覺和本能。她可以把這份直覺帶進會議室裡，和男人一起競逐職位和權力。
- 為自己深切關懷的議題出力，能為她注入活力。她需要接受挑戰和刺激，否則乏味會隨著憂鬱一起襲來。她欣賞所有曾為投票權奮戰、為了多數人的利益不顧個人安危的女性。
- 拯救女性或孩童的生命，能為她帶來目標與大幅提升自尊。她就像拯救嘉貝麗的西娜。覺得自己像是所有女人的大姊姊，是女性和環境議題的殉道者。

▽其他角色怎麼看待亞馬遜女戰士？

- 她不大講究穿著，喜歡穿寬鬆的服裝，以便行動自如。希臘神話裡，阿特蜜斯向父親宙斯討一件束腰短上衣來穿，不是因為模樣性感，而是因為能讓她跑得飛快。
- 她的運動員體態有時很撩人，但會讓男性和女性覺得卻步。
- 別人有時候會覺得她冷冰冰、滿腦子只有自己的事情。她能夠極度專注於目標上，看起來很有距離又冷漠，但是當她享受大自然時，又會玩得像個孩子。她永遠不戴手錶，因為時間對她來說毫無意義。

▽發展人物弧線

先看看你的角色在故事裡的主要目標，再看要用哪些令她恐懼的事物來試煉她。她需要學會什麼才能克服恐懼？她需要養育孩子嗎？她需要運用才智來適應都市生活嗎？她能否接受自己力有未逮，拯救不了某個人？

亞馬遜女戰士往往想要擁有自己的住處，以及一小群來來去去的密友。她希望自己的努力和付出能得到認可。最主要的是，她必須學習信任男人。

早年發生過什麼事使這種原型主導她的個性？她成長期間是否沒有母親與姊妹，使她學到了父親的人格特質？她的母親是個亞馬遜女戰士嗎？她是否喜愛運動勝於打扮？她是否曾經親眼看過所愛之人受到傷害？她是否崇拜並且想要效法某個女性英雄，像是神力女超人？

為了有所成長，這個原型最適合和以下的原型搭檔：

保護者——可以教導她信任他人，並得到幫助。
愚者和天真少女——可以教導她關於樂趣、冒險、如何和他人和諧相處。
養育者——可以教導她生育孩子與為人母親的價值。

▽亞馬遜女戰士的條件

- 喜愛待在戶外，與動物和大自然共處。

- 偏愛同性情誼勝於異性情誼，但通常會有較多男性友人。
- 看重女性和孩童。
- 主張女權，即使在你的故事裡她並未直接說出口。
- 不怕在夜間獨自外出。
- 願意且能夠為了捍衛自己而奮戰至死。
- 對於服飾和外表，偏重實用而非潮流。
- 想要自給自足。
- 偏好跟男人同居而非步入婚姻。

▽亞馬遜女戰士的缺點

- 有時很固執己見、冥頑不靈。
- 盲目；除了眼前的目標，其餘一切皆拋諸腦後。
- 因為不顧一切想要贏，有時會變得很不理智。
- 有時會說大話。
- 為了讓自己覺得勢均力敵，會模仿挑釁者的表現。

亞馬遜女戰士的反派角色：蛇髮女妖

反派的亞馬遜女戰士，會竭盡所能去協助另一個女人，即使那意味著錯殺某個無辜的男人。她對不公不義的憤怒來得迅猛無情，有時會找錯目標。

「蛇髮女妖」美杜莎（Medusa）是充滿怒火與憤懣的女性，特別是受到傷害時。當她感覺受到威脅時，可以變得相當致命，會使盡肢體上的手段來表達怒氣。大多數男人沒料到怒火能讓女人變得這麼強大。

她會像母獅保護小獅一樣奮戰至死。怒火中燒時，她不會考慮到自己的性命和生存。她暴跳如雷，搏命奮戰，其他一切都無所謂。民主精神、外交策略、對與錯，這一切對她而言都無關緊要。她會不顧一切地復仇。如果她的主張是正義的，她覺得女神會替她撐腰，讓她的努力得到成果，並且寬恕她的殘暴。

她有反社會傾向，沒有責任感，缺乏道德和倫理。她會展現目無法紀的魯莽行為，拒絕遵從社會規範。對於可怕的事件，她似乎缺乏情緒反應，毫無悔意。她在肢體上很有侵略性，古怪易怒，不顧自身和他人的安危。

她認為自己的行動合情合理，因為她覺得基本權利受到侵犯。她希望能讓女性變得堅強、不計代價捍衛自己。有時候某個人死得很無辜，但她相信，如果這樣救得了許多人，那就無所謂。她不在乎自己是否變得和她痛恨的挑釁者一樣。

她信奉以牙還牙。她不在乎其他人怎麼想，不用等到別人動手就會搶先了結自己。她覺得她是自己人生和命運的主宰。

▽蛇髮女妖的特質

- 依憑本能，毫無悔意。
- 想要立即的滿足與正義。
- 被怒火與憤懣蒙蔽雙眼。
- 受到冒犯時會有過度情緒化的反應。
- 不冷靜。
- 以獨裁者的手段施行公義。
- 相信戰火方興的時候，真相和法律毫無用武之地。
- 為了逮到敵人，願意犧牲自己。
- 對事物的反應，源頭通常是壓抑長久的創傷或多年的受虐。
- 展現魯莽的行徑。
- 好鬥、古怪、易怒。

▼阿特蜜斯，現身！

電視影集中的亞馬遜女戰士／蛇髮女妖

◎《魔法奇兵》（*Buffy the Vampire Slayer*）的巴菲・薩莫斯（Buffy Summers，莎拉・蜜雪兒・吉蘭飾演）

◎《西娜：戰士公主》（*Xena: Warrior Princess*）的西娜（Xena，露西・洛里斯飾演）

◎《荒野女醫情》（*Dr. Quinn, Medicine Woman*）的昆恩（Dr. Michaela Quinn，珍・西摩爾飾演）

◎《尼基塔女郎》（*La Femme Nikita*）的尼基塔（Nikita，皮塔・威爾遜飾演）

電影中的亞馬遜女戰士／蛇髮女妖

◎《鐵達尼號》（*Titanic*）的蘿絲（Rose DeWitt Bukater，凱特・溫斯蕾飾演）

◎《異形》（*Alien*）的愛倫・蕾普利少尉（Lieutenant Ellen L. Ripley，雪歌・妮薇佛飾演）

◎《末路狂花》（*Thelma & Louise*）的露易絲（Louise Sawyer，蘇珊・莎蘭登飾演）

◎《絲克伍事件》（*Silkwood*）的凱倫・絲克伍（Karen Silkwood，梅莉・史翠普飾演）

◎《魔鬼終結者》（*The Terminator*）的莎拉・康納（Sarah Connor，琳達・漢彌頓飾演）

◎《麻辣女王》（*Miss Congeniality*）的桂絲・哈特（Gracie Hart，珊卓・布拉克飾演）

文學和歷史中的亞馬遜女戰士／蛇髮女妖

◎神力女超人

◎聖女貞德

◎布狄卡女王（Queen Boudica）

◎艾力克斯・嘉蘭（Alex Garland）著作《海灘》（*The Beach*）的莎爾（Sal）

◎露易莎・梅・奧爾科特（Louisa May Alcott）著作《小婦人》（*Little Women*）的喬（Jo March）

◎哈波・李（Harper Lee）著作《梅岡城故事》（*To Kill a Mockingbird*）的絲考特（Scout）

◎C・S・路易斯（C.S. Lewis）的《獅子・女巫・魔衣櫥》（*The Lion, the Witch and the Wardrobe*）的露西（Lucy）

◎芬妮・傅雷格（Fannie Flagg）著作《油炸綠番茄》（*Fried Green Tomatoes at the Whistle Stop Cafe*）的英吉（Idgie Threadgoode）

◎露西・莫德・蒙哥馬利（Lucy Maud Montgomery）著作《清秀佳人》（*Anne of Green Gables*）的安妮（Anne Shirley）

CHAPTER

5

雅典娜

衍伸原型# 父之女 vs. 背刺者

The Father's Daughter and the Backstabber

女神雅典娜在神廟的圖書館和勝利的戰場上方傲然得意地盤旋，如同在夜空中飛翔的貓頭鷹一般神祕。她不會親自投身戰場，但會陪在她選定的英勇士兵身旁，協助他贏得戰爭。她賜予他力量、權力和知識，以及她不變的忠誠。她一手舉著盾牌，另一手持著象徵勝利的尼姬（Nike）肖像。她從父親宙斯的腦袋出生，沒有母親，也容不下任何一種女伴。她相當聰慧，可以完全掌控自己的情緒。

父之女

父之女和亞馬遜女戰士不同，她並不想為女性的處境戰鬥。她可能會反對女權運動的主張，為了證明自己的立場，而和男人站在同一邊，藉此贏得他們的仰慕。她覺得自己是與眾不同的女人。「其他女人都做不到這點，」她暗忖：「但是我可以，因為我是特例。」

她會和強大的男人結盟，他們可以幫她實現目標。她不會和他們上床，而是以「成為男孩當中的一份子」和他們建立友情。由於她在生意戰場上會和強大的男人團結一心，對他們忠誠不二，所以他們很樂意讓她加入男性的工作場域。

她很聰慧，很懂得戰略思考，從來不受情緒擺布而做出錯誤的決定。她痛恨蠻荒的野外，偏好快節奏的都市生活。她喜歡自己可以控制的事物，但也喜歡學習新事物的挑戰，尤其是那些與心智、商務世界有關的內容。她仰賴大腦勝於本能，可以像亞馬遜女戰士那樣專注於自己的目標。雅典娜女神監督著工藝和戰事，這兩者都需要耐性和專注。她有能力成為專業人士與才華洋溢的學生。她求知若渴，面對危機時足智多謀，但她不信任其他人為她做事，經常事必躬親。

如果自己沒有從商的技能或機會，她會把丈夫的事業當成自己的，全心提供後援。如果丈夫試圖離開她，失去參與他工作的機會，會比其他事情更令她難受。

《魔鬼女大兵》海軍情報官裘頓．歐尼爾（黛咪．摩兒飾演）就是父之女，因為她奮戰是為了像個男人，證明自己和男人一樣優秀，亞馬遜女戰士則會保留和重視自己的女性本質。裘頓試圖以男性的角色進入男人主導的組織，到了電影末尾，她的用語、舉止、行動和價值觀都變得非常男性化，數度為了爭取他們的認可而犧牲自我，而像西娜那樣的亞馬遜女戰士一向不那麼在乎是否融入團體。我們在《火線勇氣》（*Courage Under Fire*）這部電影裡可以看到另一位英勇的亞馬遜女戰士：凱倫．華登上尉（梅格．萊恩飾演）。她在整部片子裡都保留了女性特質，不怕顯露情感和流淚。

▽父之女在乎什麼？

- 「父之女」這個名稱已經道盡一切——她在意的是和強大的男人結盟，支持父權制度。她希望得到男性的接納，成為其中一員，這樣她就可以在事業上有所發展。進入男人的網絡，對她來說就等於在事業上跨出一大步。
- 她只在乎男人對她的看法，女人怎麼說她，她則無所謂。不過，她覺得，到最後她們都會因為她的成就而心生敬佩。
- 她喜歡當贏家，或者更重要的是，看到自己的團隊勝出。她會卯盡全力確保這一點。她很有團隊精神。
- 她喜歡研究和學習新事物、開拓自己的眼界。
- 她喜歡到遠地旅遊，但一定要住豪華旅館。凡是能雇人來做的事，她絕對不動手做。她的行程表總是排得很滿。

▽父之女害怕什麼？

- 父之女害怕女性情誼，因為這會提醒她自己是個女性，她一直想壓抑這一點。她把女性當成較弱的性別，每天都在拚命證明自己並不弱。

- 她能承受一、兩次戰役落敗，但她害怕輸掉整場戰爭。這樣的失控對她來說是毀滅性的打擊。
- 她需要留在都市裡，去鳥不生蛋的野外無法滿足她需要透過大量閱讀來學習的欲望。她必須明白大自然能教她很多，就跟書本一樣，但她就是無法和自然起共鳴。

▽父之女的動力是什麼？

- 對知識、理解和歸屬的需求，就是她的強大動力。她迫切希望可以融入男性團體，證明自己比其他女人優秀。
- 凡是能夠讓她施展策略的挑戰，都會吸引她的注意力。她無法忍受任何混亂失序的事情。
- 她必須自給自足、自立自強，但也樂於知道身邊有個強大的男人能讓她「以防萬一」。她相當欣賞雅典娜女神協助阿基里斯（Achilles）實現目標，但反過來也希望他能回饋她。
- 競爭是她最大的熱情之一，尤其是有團隊共同承擔風險時，這麼一來她就不必獨自面對失敗。如果她輸了，等於整個團隊都輸了，她就不用獨自收拾殘局。

▽其他角色怎麼看待父之女？

- 她的外表時髦又專業，即使獨自在家，也會穿上時髦的好衣服。也許這些衣服穿起來不是最舒適的，但是外表很重要。
- 面對危機時她總是冷靜自持，所以在別人眼中她總是不動聲色。在那雙炯炯有神的眼睛後面，看起來正在盤算什麼。
- 她在人前放不開，只有在家裡才能真正放鬆。她喜歡某些不為人知的遊戲和嗜好。她最喜歡室內活動。

▽發展人物弧線

先看看你的角色在故事裡的主要目標，再看要用哪些令她恐懼的事物來試煉她。她需要學會什麼才能克服恐懼？為了拯救她工作的律師事務所，她必須學會在偏遠小鎮裡生活嗎？她是否應該失去一個重要的客戶，才能挽救老闆的事業？

父之女往往必須回歸自然，才能抒解壓力、重拾健康。她必須學習身為一個女人不會是問題，學到不用什麼事都自己來。也許「成為男孩當中的一份子」沒那麼重要。我們可以將電影《嬰兒炸彈》視為父之女的例子，它的女主角必須放棄事業，搬到鄉下的房子裡，扶養過世親友的孩子。

早年發生過什麼事，使這種原型主導她的個性？她是否看過母親受男人踐踏，發誓自己絕對不要那麼軟弱？家裡是否一向由父親主導一切？她兒時是否被迫留在家中獨自玩耍，進入腦中的幻想世界，以逃脫軀體的禁錮？

為了有所成長，這個原型最適合和以下的原型搭檔：

藝術家——可以教導她創意與在當下放手。

誘惑者——可以開發她的性欲，教導她怎麼跟男人建立私密關係。

毀滅者——可以教導她生猛的女性力量。

受輕視的女人——這個原型是如此痛恨其他女性，比如情婦，可以用來當作痛恨所有女人的荒謬例子。

女族長——可以讓她看到家庭中的女性力量，並教導她傳統價值。

▽父之女的條件

- 喜歡待在城市裡。
- 偏好男性友誼勝於女性友誼。
- 看重工作和事業勝過一切。
- 願意為團隊做任何事情。
- 相當獨立。
- 即使獨自在家，仍會精心打扮。
- 冰雪聰明，知性十足。

- 自信滿滿、胸有定見。

▽父之女的缺點

- 狂熱支持父權制度。
- 遇到抱怨男女不平等的女人，她會不高興。
- 只會受到有權有勢的男人吸引。
- 是個工作狂。
- 總是在擬定戰略。
- 無法完全表達自己的女性面向，也無法和身體產生連結（跳舞對她來說很困難）。

父之女的反派角色：背刺者

反派的父之女，會為了達成自己的目標而踐踏他人。她會運用自己善於權謀和戰略的心思來擊敗任何人，跟強大的男人結盟可以讓她做到這一點。有時候，這些男人會利用她的忠誠。

她得知原本信任的男人背叛自己時，會暴跳如雷。背叛是在亞馬遜女戰士的意料之中，但父之女會覺得天崩地裂，因為領悟到自己並非原本所想的「男孩當中的一份子」。她花了一輩子時間就是想融入他們之中。

她的認同可能全都建立在事業上。失去事業對她而言形同死亡。為了阻止這件事，她會背信忘義。她會運用自己的女性特質，扮演天真女子的戲碼，之後再從背後捅同事一刀。

她也會激烈對抗為女性爭權的女人。她不想承認世界上男女並不平等。她想要和自己的女性特質以及當中的軟弱拉開距離。

她有一種無來由的恐懼，覺得他人要對她不利。她懷疑別人的忠誠和可信度，無法對他們推心置腹，害怕他們會拿她講過的話來對付她。她無法放鬆，沒辦法和同事齊心協力。她變得對每個人疑神疑鬼，脫離團體。她的幽默感完全消失了。

她不明白想要成功又有權有勢有哪裡不對。比起女性，她更喜歡有男性作伴，也總是隨時揣著一張王牌，準備報復背叛她的人。

▽背刺者的特質

- 覺得受困。
- 必要時，會完美扮演甜美小女人的刻板角色。
- 凡事先想到自己。
- 可以毫無顧忌摧毀別人的生活和事業。
- 落難時，會仰賴陌生人的善意。
- 讓其他人在幫忙她的時候感覺良好，這樣他們就會放下戒心。
- 是個說謊專家，直到有人踩到她的地雷，她就會出言攻擊，脫口說出真正的感受。

- 偏執多疑，覺得別人都在密謀陷害她。
- 沒辦法放鬆。
- 無法對同事推心置腹或齊心協力。
- 脫離團體。

▼雅典娜，現身！

電視影集中的父之女／背刺者

◎《星際爭霸戰：重返地球》（*Star Trek: Voyager*）的凱薩琳．珍葳（Captain Kathryn Janeway，凱特．麥格蘿飾演）

◎《X檔案》（*The X-Files*）的史卡利（Dana Scully，吉莉安．安德森飾演）

◎《風雲女郎》（*Murphy Brown*）的墨菲．布朗（Murphy Brown，甘蒂絲．柏根飾演）

◎《聖女魔咒》（*Charmed*）的布露．海利維（Prue Halliwell，香儂．道荷蒂飾演）

電影中的父之女／背刺者

◎《伊莉莎白》（*Elizabeth*）的伊莉莎白一世（Elizabeth I，凱特．布蘭琪飾演）

◎《魔鬼女大兵》（*G. I. Jane*）的裘頓・歐尼爾（Lieutenant Jordan "L.T." O'Neil，黛咪・摩兒飾演）

◎《嬰兒炸彈》（*Baby Boom*）的潔茜・懷特（J.C. Wiatt，黛安・基頓飾演）

◎《上班女郎》（*Working Girl*）的凱薩琳・帕克（Katherine Parker，雪歌・妮薇佛飾演）

◎《彗星美人》（*All About Eve*）的馬戈・錢寧（Margo Channing，貝蒂・戴維斯飾演）

◎《發暈》（*Moonstruck*）的洛麗塔（Loretta Castorini，雪兒飾演）

文學和歷史中的父之女／背刺者

◎卡諾莎的瑪蒂爾達（Matilda, Countess of Tuscany）

◎莎士比亞劇作《馴悍記》（*The Taming*）的凱特（Kate）

◎莎士比亞劇作《無事生非》（*Much Ado About Nothing*）的畢翠絲（Beatrice）

◎莎士比亞劇作《馬克白》（*Macbeth*）的馬克白夫人（Lady Macbeth）

◎泰瑞・馬克米蘭（Terry McMillan）著作《等待夢醒時分》（Waiting to Exhale）的芭妮・哈里斯（Bernie Harris）

◎蘇葛・瑞芙頓（Sue Grafton）系列作品的金賽・米爾洪（Kinsey Millhone）

◎湯瑪斯・哈里斯（Thomas Harris）著作《沉默的羔羊》（*The Silence of the Lambs*）的克麗絲・史達林（Clarice Starling）

◎艾莫・雷納德（Elmore Leonard）著作《視野之外》（Out of Sight）的凱倫・西絲（Karen Sisco）

CHAPTER

6

黛美特

衍伸原型# 養育者 vs. 控制狂母親

Demeter: The Nurturer and the Overcontrolling Mother

黛美特在冷冽的冬夜街頭上遊蕩，尋找遭人綁架的女兒波瑟芬妮。以往總是陪著散步的女兒杳無蹤跡，黛美特的身旁空蕩蕩，心裡飽受煎熬，不吃不喝也不睡。她憂鬱的淚水讓田地籠罩在寒氣裡，凡是她走過的地方便寸草不生。她每走一步，寒冬隨即降臨，要一直等到愛女回到她身邊，穀物才能生長，大地才會回春。她不在乎自己，只在乎孩子。

養育者

黛美特是養育孩子的母親，但「養育者」這個原型不是非有孩子不可，最重要的是她有幫助別人的責任感。女兒被綁架、侵犯，並且被迫嫁給黑帝斯（Hades），其他神祇為了讓黛美特接受這件事而送來的禮物一概被她拒絕。她只要孩子回到自己身邊，其他一切都無所謂。孩子不在，自己的一部分也跟著消失了。透過孩子的人生而活，她才會生氣蓬勃。

她大半輩子都夢想著生養孩子。有了孩子以後，孩子就成了她人生的全部。如果她無法生育或尚未找到適合的「父親」，她會把精力放在幫助和照顧別人身上。我們經常可以在護理、醫療行業中找到這樣的女性。

她會和其他很重視母職與服務的黛美特型女性建立友誼，她們會花好幾個小時討論最新的醫療技術或養育孩子的方法。

她的自我認同，跟她的孩子或她照顧的人分不開。他們賦予她人生的目的和意義。她可以透過在慈善機構的工作呵護許多人、幫助收容所的流浪動物、照料自己的家人，或是幫助街上的陌生人、陪伴好友或戀人、照顧學生，或是透過創作來協助大眾，比方說寫一本心理勵志書。

▽養育者在乎什麼？

- 不論當前是否有危險，養育者都關心孩子的福祉。她傾向把其他人的順位排在自己的前面——有如某種殉道者，只不過排在第一位的永遠是她正在照顧的人，尤其是孩子。

對她來說，只要能夠救回孩子，犧牲整座城也在所不惜。

- 一切順遂的時候，她會關心整個團體的需求，即使是幾乎不認識的人，她也會餽贈令人驚豔的禮物。她照料的病人會稱她為天使。
- 她關心慈善事業，空閒時會去當志工。
- 為了確保其他人都開心，她有時會過得小心翼翼，將自己的感受擺在最後。

▽養育者害怕什麼？

- 養育者害怕失去自己照顧的對象。照料他人是她的自我認同和活著的理由。如果有人指控她過度保護某人而剝奪了對方獨立的機會，她會很生氣。
- 養育者害怕錯失拯救孩子的機會。要是出了什麼差錯，她會苛責自己，並且陷入毀滅性的憂鬱。她就是忍不住。悲痛會耗損她，也會讓身邊的人跟著受苦。
- 她無法承受孩子或病患離去。她必須感到自己被需要，很容易發生「空巢症候群」。
- 她不喜歡自我分析，因為她害怕自己的思緒和情緒。她討厭安靜的時光，因為她不喜歡思考自己的「事情」，為了避免這種狀況，她寧可忙得團團轉。

▽養育者的動力是什麼？

- 愛和歸屬是她的強大動力。她喜歡和別人有所連結。給她一個家庭，只要他們願意讓她照顧，她就會不停送他們禮物。她肯定願意領養生病的孩子。

- 身為人母和養育孩子給了她活著的理由。她願意做任何事情來挽回這份珍貴的關係。黛美特非常堅強，因為她譴責諸神，緊緊抓著找回女兒的目標不放。養育者很欣賞這則故事的這個部分。

▽發展人物弧線

先看看你的角色在故事裡的主要目標，再看要用哪些令她恐懼的事物來試煉她。她需要學會什麼才能克服恐懼？她需要學習放開孩子，找到自己的事業嗎？她需要為自己挺身而出、說出自己的想法，不用顧慮會傷到別人嗎？她需要讓孩子成長並離開家門嗎？

養育者經常需要放開對其他人的依附，找到自己的認同。她需要知道她可以照顧好自己，知道獨處有時可以讓人耳目一新。有個嗜好可以幫她學會愛自己，比方說瑜珈或寫作。

早年發生過什麼事，使這種原型主導她的個性？母親是不是不在她身邊，所以她長大以後為了補償這點，總是陪在別人身邊？她兒時是不是必須幫忙拉拔兄弟姊妹？是不是有人送她洋娃娃，告訴她當母親是世界上最美好的事？她生命中是否有個特殊的女性幫助過她，比方說老師，而現在她想回饋這份施予？

為了有所成長，這個原型最適合和以下的原型搭檔：

女性之友——能夠照料她，讓她體會到和別人平起平坐的感覺。

隱士——可以教導她獨處、認識自己的價值。

蛇髮女妖——可以教導她殘酷的人生現實面，教導她如何防止別人欺凌她。

神祕客——可以教導她好好愛自己。

▽養育者的條件

- 花很多時間和她照顧的對象相處，不論是孩子、學生或病人。
- 別人優先於自己。
- 以助人為己任。
- 相處起來很棒。
- 極度熱心。
- 很好的傾聽者。
- 全心奉獻給家庭。
- 慷慨大方。
- 大多時候都喜歡待在家裡。

▽養育者的缺點：

- 她只能從幫助或拯救別人之中找到自我認同。

- 時時擔心自己的孩子。
- 自我犧牲。因為不懂得拒絕，一次扛起太多工作。
- 很在意家人說的話。
- 需要有照顧的對象。

養育者的反派角色：控制狂母親

反派的養育者，可能會拐走別人的寶寶，只為了有個照顧的對象。她會偷走別人的創意成果，只為了讓人覺得她對社會有貢獻。

她會接管別人的人生，操控別人讓她幫忙，像是《戰慄遊戲》的安妮．維克斯（凱西．貝茲飾演）。她是那種會對自己孩子下毒的母親，好讓她可以帶孩子上醫院，因為辛苦照料孩子可以得到矚目。她會把自己的失望投射到女兒身上，這樣女兒就不會離家獨立。她很擅長挑起別人的愧疚感。

不論做什麼，她都抱持著人們需要她的想法。她認為別人沒有她就活不下去，但其實恰恰相反。她相信自己是在幫人，但她真正在做的是全心投入別人的生活，藉此逃避自己的人生。

她是個非常依賴的人，身邊沒有人陪伴和提供方向，就無法正常運作。

關係告終的時候，她會深受打擊或備感無助，被人拋棄的恐懼一直縈繞在心頭。她因為缺乏自信而無法獨立行事。她照顧他人，是為了確保他們未來也會陪伴她。獨自一人的時候，她會覺得茫然無助。

她覺得自己為了養育孩子而放棄了人生。她為了他們犧牲一切。她希望因此得到別人的尊重和順從。

▽控制狂母親的特質

- 覺得別人試圖將她一把拋開、棄她於不顧。
- 覺得別人沒有她就活不下去，其實正好相反。
- 為了別人好，卻反倒傷到他們。
- 別人不需要她幫忙，卻硬要插手。
- 利用愧疚感來支配別人。
- 受傷或落難的時候會加以誇大。
- 為了顯得熱心，會主動做些事情。
- 偶爾會真心釋放善意，讓別人一時措手不及。
- 缺乏自信。
- 無法一個人做什麼事。

▼黛美特，現身！

電視影集中的養育者／控制狂母親

◎《脫線家族》（*The Brady Bunch*）的凱洛・布雷迪（Carol Ann Brady，佛羅倫斯・韓德森飾演）

◎《歡樂一家親》（*Frasier*）的黛芬妮・穆恩（Daphne Moon，珍・李維飾演）

◎《大家都愛雷蒙》（*Everybody Loves Raymond*）的瑪莉・巴隆（Marie Barone，朵莉絲・羅勃茲飾演）

◎《聖女魔咒》（*Charmed*）的派波・海利維（Piper Halliwell，荷莉・瑪莉康絲飾演）

◎《天才小麻煩》（*Leave It to Beaver*）的克利夫太太（June Cleaver，芭芭拉・比林斯利飾演）

電影中的養育者／控制狂母親

◎《愛在心裡口難開》（*As Good As It Gets*）的卡洛（Carol Connelly，海倫・杭特飾演）

◎《史黛拉》（*Stella Dallas*）的史黛拉（Stella Dallas，芭芭拉・史丹薇飾演）

◎《鋼木蘭》（*Steel Magnolias*）的麥琳（M'Lynn Eatenton，莎莉・菲爾德飾演）

◎《征服情海》（*Jerry Maguire*）的桃樂絲・波伊（Dorothy Boyd，芮妮・齊薇格飾演）

在許多經典電影裡，女性角色只能屈居於家中，負責照顧男性。這種角色在西部片裡很常見。你可以看到她們在門口等待、守望著男性、照料他們的傷勢。

文學和歷史中的養育者／控制狂母親

◎南丁格爾（Florence Nightingale）

◎德蕾莎修女（Mother Teresa）

◎《美女與野獸》（*Beauty and the Beast*）的美女

◎帕密拉・L・特萊維絲（Pamela L. Travers）著作《保母包萍》（*Mary Poppins*）的瑪麗・包萍（Mary Poppins）

◎馬克・吐溫（Mark Twain）著作《頑童流浪記》（*The Adventures of Huckleberry Finn*）的寡婦道格拉斯（Widow Douglas）

◎露易莎・梅・奧爾科特（Louisa May Alcott）著作《小婦人》（*Little Women*）的瑪格（Meg March）

◎莎士比亞劇作《羅密歐與茱麗葉》（*Romeo and Juliet*）的奶媽（Nurse）

◎厄寧・J・斯甘恩（Ernest J. Gaines）著作《死前的最後一堂課》（*A Lesson Before Dying*）的艾瑪小姐（Miss Emma）與坦特（Tante Lou）

◎羅伯・詹姆斯・華勒（Robert James Waller）著作《麥迪遜之橋》（*The Bridges of Madison County*）的芬琪卡（Francesca Johnson）

◎珍・奧斯汀（Jane Austen）著作《理性與感性》（*Sense and Sensibility*）的愛蓮娜（Elinor Dashwood）

◎賈西亞・馬奎斯（Gabriel García Márquez）著作《百年孤寂》（*100 Years of Solitude*）的祖母

◎芬妮・傅雷格（Fannie Flagg）著作《油炸綠番茄》（*Fried Green Tomatoes at the Whistle Stop Cafe*）

的露絲（Ruth）

◎童妮・摩里森（Toni Morrison）著作《寵兒》（*Beloved*）的柴特（Sethe）

◎史蒂芬・金（Stephen King）著作《戰慄遊戲》（*Misery*）的安妮・維克斯（Annie Wilkes）

◎艾莉絲・霍夫曼（Alice Hoffman）著作《超異能快感》（*Practical Magic*）的莎莉（Sally Owens）

CHAPTER

7

赫拉

衍伸原型# 女族長 vs. 受輕視的女人

Hera: The Matriarch and the Scorned Woman

赫拉是掌管婚姻和生育的強大女神，灑出銀河系裡的繁星，在大地播下種籽。赫拉克勒斯（Heracles，又名 Hercules）名字的意思就是「榮耀歸於赫拉」，證明了她無邊的力量。

當宙斯對她產生好感，赫拉能夠抵擋他的魅力，直到他答應要娶她。但他後來背叛了她，讓她變得復仇心切。婚姻誓言對她來說很神聖，她不願離開宙斯或放棄兩人的伴侶關係。她現在運用自己的力量來維繫眾神的大家庭，主持公道、提供建言。

女族長

女族長是大權在握的女人。她會照顧家庭成員的需求，並要求從他們身上得到敬重。她需要她的家庭，也要家人相信他們需要她。她在妻子和母親的角色之外，沒有其他身分認同，但是跟養育者不同的是她生性堅強、足智多謀，而且不畏人言。如果丈夫不忠，她不會逆來順受，更不會坐以待斃，任由別人欺凌。

她是非常頑強且忠誠的女性。沒有其他原型可以像女族長一樣，當一個如此忠實且慈愛的伙伴。不論發生什麼事，她都不會拋下家人或同事不顧。只要願意，她可以全力支援和付出，也期待從對方身上得到同等的回報。人人都會向她尋求建議。

大喜之日是她人生中最重要的一天，她希望自己的婚禮永遠不會結束。步上紅毯給她的成就感令她上癮。眾人的目光聚焦在她身上，她是注意力的焦點和人們羨慕的對象。她的丈夫成為她的人生，她將兩人的結合看成與對方達成一項法定協議，彷彿兩人共同組織一個企業一樣。

她想當個完美的妻子，但她這樣做不是為了逗丈夫開心，而是為了讓自己快樂。她以持家有方為傲。

如果沒有自己的家庭，她會將所有的能量和力氣都投注在創建自己的公司上，並且和員工共組一個替代家庭。

▽女族長在乎什麼？

- 女族長相當在意妻子這個角色。結婚以後，如果丈夫和家人不在身邊，就會覺得自己不完整。婚姻為她帶來威望，大喜之日是她一生當中最重要的日子。婚姻誓約對她來說很神聖。她很看重承諾。
- 她希望能將大家庭凝聚在一起，時時控制他們，即使他們已經不住家裡。她覺得他們會需要她的幫忙。
- 她熱愛制訂計畫、舉辦聚會。大家最好都要出席，不然她絕對會追究到底。沒有什麼比出席家庭聚會還要重要。
- 丈夫就是她的自我認同，家人則排在第二位。她寵愛孩子，有孫子後會接手照顧。媳婦可能會因為她堅持個人的育兒觀而不悅，因為她認為自己的建議就是鐵律。

▽女族長害怕什麼？

- 女族長害怕自己永遠結不了婚、生不出孩子，結婚後又害怕失去丈夫，無論順境逆境都對丈夫不離不棄。她不計代價都要維繫婚姻。如果她沒有自己的家庭，就會不計一切撐住自己的公司。
- 她很怕衰老和孤獨。她恐懼孩子想要離家的那一天，也害怕丈夫出差在外的時候。她會不知道該如何自處。

- 她害怕失去對孩子的控制，可是她掩藏得很好。她是個鬥士，如果有孩子毒品成癮，需要有個心智堅強的人幫忙，她會全力搏鬥，將孩子拯救回來。如果孩子在往後的人生裡覺得對她有所虧欠，也是無可奈何的事。

▽女族長的動力是什麼？

- 愛、歸屬和尊重，是女族長的強大動力。她渴求家庭、無條件的愛和支持。她可能會投注很多心力在丈夫的事業上，希望自己可以和他一起獲得肯定。如果他榮獲獎項，最好在發表感言時點名向她致謝！
- 婚姻和豪華的婚禮是她的目標。婚禮過後，她希望參與大家族裡的所有婚禮。她經常會插手、提出要求，告訴大家事情該怎麼做。

▽其他角色怎麼看待女族長？

- 她總是表現出不屈不撓的姿態，面對屈辱時照樣抬頭挺胸。
- 她以符合丈夫形象的方式來裝扮自己，這樣就會顯得自己對他的事業相當投入。他的事業就是她的事業。
- 有時候會發現她為了掌握孩子的動向，躲在一旁偷聽孩子的私密對話。她無法容忍眼下發生她毫無心理準備的事。

- 她似乎很難親近，彷彿隨時都會吼你或嘲笑你。她不希望讓孩子覺得他們可以瞞過她。她永遠是對的，她說的話就是鐵律。
- 她的力量讓她成為家中每個成員可以仰賴的磐石。

▽發展人物弧線

先看看你的角色在故事裡的主要目標，再看要用哪些令她恐懼的事物來試煉她。她需要學會什麼才能克服恐懼？她需要學會獨立生活嗎？她需要學會怎麼面對丈夫的死亡，並接手經營他的事業嗎？她需要面對病痛、充分休息，放棄對家人的控制嗎？

女族長往往需要學習除了對丈夫盡心，也要對自己同等盡心。一旦結了婚，她為了扮演完美的妻子，就會放棄自我。

她所做的一切都是為了丈夫，總是與丈夫同進同出。她必須瞭解，從別人身上尋找快樂，最後終會落得悲傷一途。

早年發生過什麼事，使這種原型主導她的個性？因為她父親控制她母親的一舉一動，而她發誓永遠不要步上母親的後塵嗎？家裡是否教導她在左鄰右舍面前裝模作樣，表現得無可挑剔？她的家庭是否在她年幼時分崩離析？

為了有所成長，這個原型最適合和以下的原型搭檔：

獨裁者——從她手上偷走控制權，顛覆家庭體系。

愚者和天真少女——讓她看到何謂青春、愛、自發性，以及放開控制權。
神祕客——可以教導她審視內心，找到真正的自我。
父之女——可以教導她擁有自己的事業，學習團隊精神，而非當個獨裁者。

▽女族長的條件

- 喜愛和家人共度時光，雖然他們有時會把她逼到抓狂。
- 喜歡招待別人。
- 喜歡為家人策畫派對和聚會。
- 對自己的婚姻很盡心。
- 經常夢到自己的婚禮那天。
- 如果沒有自己的家庭，會成立一家公司並當成家庭一般經營。

▽女族長的缺點

- 從丈夫或朋友的愛汲取快樂。
- 一找到真命天子，就會將友誼拋諸腦後。
- 密切注意孩子的動態，監視並侵犯孩子的隱私。
- 自我認同和家庭分不開關係。

- 以丈夫的形象和事業為優先。
- 對秩序的渴望到了執迷的程度。

女族長的反面角色：受輕視的女人

反派的女族長在覺得被丈夫或家人拋棄時，怒火和力量會奔洩而出。如果丈夫出軌，她內心醞釀的怒氣和復仇心會波及身邊的每個人。

她對丈夫發洩情緒以前，很可能會先遷怒其他女人。她的自我認同和丈夫脫不了關係，讓她不得不相信，丈夫會出軌是另一個女人的錯，而且這樁婚姻搶救得回來。她是那個發號施令的人，而丈夫會回到她的控制之下。

如果沒有「家庭」可以經營，她的人生就毫無意義。她必須掌控局勢。她不容許混亂的局面。為了維護家庭的完整，不論採取什麼行動，她都能找到正當理由。

她的個性執拗、衝動，有時令人難以捉摸。她的情緒擺盪不定，會耗費極大心力避免真的或她想像之下的被拋棄。她對於自己的長遠目標、事業選擇和身分認同都沒有把握。她內心空虛，有時變得暴躁易怒。

她有消極攻擊（passive aggressive）的傾向，會告訴家人做她不認同的事情也不要緊，可是她的舉動會讓他們知道絕不能輕舉妄動。她甚至可能會為了獲取注意而企圖自殺或自殘。

她覺得自己為家庭做盡一切，他們理應對她忠貞不二。她控制一切，即使他們不喜歡這樣也沒辦法。要脫離她的掌握離開這個家，必須先經過一番苦戰。

就她來說，背叛是她認為最嚴重的過錯。她寧願丈夫毀掉他自己，也不願看到他毀掉兩人的神聖婚姻。她寧可他死去。

▽受輕視的女人的特質

- 害怕被丈夫和家人拋棄。
- 和丈夫你我不分，彷彿兩人合而為一。
- 她看不清他的真實面貌。
- 一心想爭搶控制權。
- 竭盡所能要保住自己的顏面。
- 家醜不外揚（她的孩子可能因此得不到需要的協助）。
- 消極的攻擊性行為。
- 個性衝動。
- 對自我認同沒有把握。
- 也許有自殺傾向——為了得到關注。
- 可能暴躁易怒、陰晴不定。

▼赫拉，現身！

電視影集中的女族長／受輕視的女人

◎《我愛羅珊》（*Roseanne*）的羅珊．康納（Roseanne Conner，羅珊．巴爾飾演）

◎《六人行》（*Friends*）的莫妮卡（Monica Geller，寇特妮．考克斯飾演）

◎《左右做人難》（*Malcolm in the Middle*）的露絲（Lois Wilkerson，珍．卡茲馬瑞克飾演）

電影中的女族長／受輕視的女人

◎《大老婆俱樂部》（*The First Wives Club*）的布蘭達（Brenda Cushman，貝蒂．蜜勒飾演）

◎《親密關係》（*Terms of Endearment*）的歐若拉（Aurora Greenway，莎莉．麥克琳飾演）

◎《親愛的媽咪》（*Mommie Dearest*）的瓊．克勞馥（Joan Crawford，費．唐娜薇飾演）

◎《美國心玫瑰情》（*American Beauty*）的卡洛琳（Carolyn Burnham，安奈特．班寧飾演）

◎《女人心海底針》（*She-Devil*）的露絲（Ruth，羅珊．巴爾飾演）

文學和歷史中的女族長／受輕視的女人

◎莎士比亞劇作《哈姆雷特》（*Hamlet*）的葛楚德（Gertrude）

◎威廉・福克納（William Faulkner）著作《聲音與憤怒》（*The Sound and the Fury*）的康普森夫人（Mrs. Compson）

◎珍妮特・費祺（Janet Fitch）著作《白色夾竹桃》（*White Oleander*）的英格莉（Ingrid）

◎瑪麗安・紀默・布蕾利（Marion Zimmer Bradley）著作《亞法隆迷霧》（*The Mists of Avalon*）的薇薇安（Viviane）

◎奧塔維亞・E・巴特勒（Octavia E. Butler）著作《撒種的比喻》（*Parable of the Sower*）的蘿倫（Lauren）

◎蘇西・麥琪・查娜斯（Suzy McKee Charnas）著作《憤怒》（*The Furies*）的奧德拉（Alldera）

◎珍・奧斯汀（Jane Austen）著作《傲慢與偏見》（*Pride and Prejudice*）的貝內特太太（Mrs. Bennet）

◎肯・凱西（Ken Kesey）著作《飛越杜鵑窩》（*One Flew Over the Cuckoo's Nest*）的護士瑞奇（Nurse Ratched）

CHAPTER

8

赫斯提亞

衍伸原型# 神祕客 vs. 背叛者

Hestia: The Mystic and The Betrayer

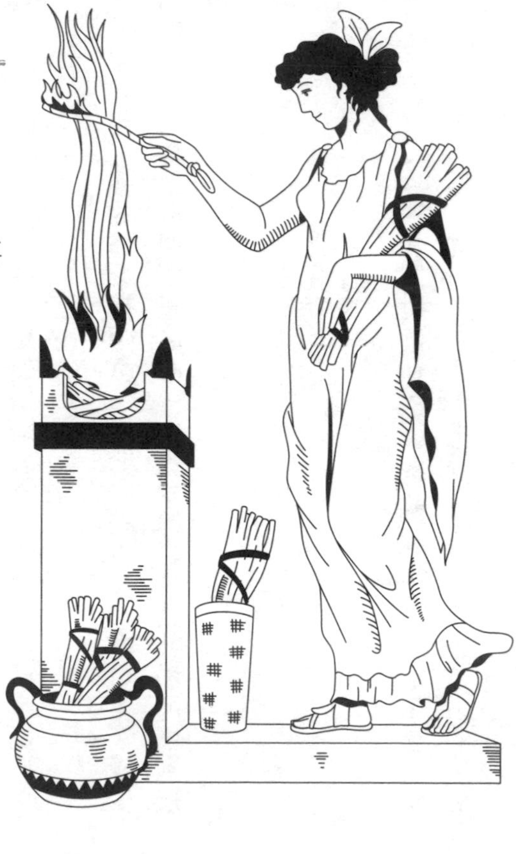

在閃爍不定的爐火後方，赫斯提亞降福給家庭，讓他們擁有女性的慈悲與家庭的團結。她會為身邊的人帶來喜樂、和平與幸福。在靜謐的夜裡，眾人早已就寢熟睡，她則在敞開的窗邊沉思，與林間遊蕩的夜行生物共享喜悅。她會連坐好幾個鐘頭，省思心中的內在旅程，不論世界將什麼帶到她面前，她永遠一派平和無憂。

神祕客

赫斯提亞是和平神祕的女人。她喜歡獨自沉浸於思緒裡，從獨處中找到極樂。她沉著的天性和沉靜的氣質，讓遇到她的人都覺得她像個謎團。她到底是怎麼做到的，可以過得一副彷彿毫無壓力的樣子？

她替家庭增色，輕鬆愉快地打理日常事務。烤麵包給家人吃，對她來說就是種榮耀。不論聽了多少主張女權的論述，都不會讓她自覺不如那些身居要職的女性。

她的心思不會輕易受到操縱。只有少數幾位女神能夠抗拒阿芙蘿黛蒂的引誘、避免陷入性愛和婚姻，赫斯提亞正是其中之一。她很能自處，以自己的選擇為傲。比起婚姻或外在的世俗欲望，她更可能選擇修女的靈性生活。

有時候，她會透過冥想、巫術和占卜，在神祕主義的疆域裡嬉戲。她的內在世界相當豐富，感受極為敏銳。她可以感應到其他人的心思和情緒，這讓她深懷惻隱之心，但也令她對於公共場所懷抱戒心。

▽神祕客在乎什麼？

- 神祕客在乎單純。給她一個舒適的住所，讓她有空間做自己，她就會竭盡所能保護它。她舉止溫柔——但是千萬不要入侵她寧靜的空間！她需要空間發揮創意，工作室或花園都很適合。

- 家裡如果能讓她獨力處理家務，她會如魚得水。她從來就不需要女傭。
- 她沒有想要孩子的強烈欲望。她熱愛獨處，即使囚禁在監獄裡，可能也不會像亞馬遜女戰士那樣在意。
- 她做什麼都不疾不徐，一次只做一件事，每個步驟都心懷喜樂與專注。沒有事情是她看不上眼的，時間多寡都無所謂。
- 她很重視資源回收和環保意識，但不會向別人說教。她喜歡置身大自然中，調製草藥是她喜愛的一項消遣。

▽神祕客害怕什麼？

- 神祕客會努力克服自己的恐懼，但不見得都能成功。她害怕沒有一個屬於自己的地方，在那裡她可以做自己，並且遠離別人的喜怒哀樂。
- 她可以接受在經濟面上靠他人支持，但她會有點不安，因為這種狀況下，她能否做什麼事都得徵詢對方的意見。
- 失去家園或庇護所之處會讓她大受打擊，但她知道不論自己去哪裡，她都能重建家園。對神祕客來說，心在哪裡，那裡就是家。
- 任何剝奪她隱私和獨處機會的人事物，都是她的敵人。
- 她深怕置身於人群中，因為她非常敏感。她感受得到別人的情緒，置身公共場所會讓她難以招架。為了躲避人潮，她會在半夜去採買雜貨。

- 她討厭成為焦點，盡可能閃避競爭。她不喜歡看到別人因為她而落敗。她覺得每個人都應該為了各自的付出而得到認可。

▽神祕客的動力是什麼？

- 對於平衡的感性需求——生活的秩序感、與大於自己的力量有所連結的感覺——是她的動力。她有建立連結或創造的精神需求。她知道自己在世上並非孤身一人，有時會感應到周遭的生命力。
- 不受打攪、有空閒時間、獲得安全感，這一切帶來的好處就是她很大的動力。她會竭盡所能以維持安寧平靜的家居生活。她寧可自己修理水龍頭，也不想找水電工過來。
- 其他人的困境有時會激發她行動，開始響應某種主張。她相信大家都有自己的因果報應需要承受。

▽其他角色怎麼看待神祕客？

- 別人覺得她安靜沉著、不疾不徐，絕對無法一心多用。
- 她極有耐心，會花好幾個小時傾聽別人的問題，即使對方不會很快有所回報。有些人可能會覺得她是容易受人左右或輕易上當的女人，但在表面之下，她通情達理而睿智。她很有想法，只是多數人並不明白。

- 她的打扮通常講求舒適，而不是潮流。她喜歡穿二手店的衣服，展現獨特的簡樸風格，以及環保再利用的節儉意識。

▽發展人物弧線

先看看你的角色在故事裡的主要目標，再看要用哪些令她恐懼的事物來試煉她。她需要學會什麼才能克服恐懼？她需要學會為自己發聲嗎？為了拯救自己的家園，她必須公開發言嗎？她想結婚但是害怕承諾嗎？

很多時候，神祕客必須學會堅持立場，否則需求將得不到滿足。她必須走進世界、體驗人生。她必須學習，陷入愛河不表示必須失去自我認同，而後者是她遠離承諾的原因。她也需要明白，世界上還有與她同類的人，她不需要孤軍奮戰。就像《六人行》影集裡的菲比（麗莎·庫卓飾演），她可以不顧別人的看法，好好做自己。她必須找到自己的自由精神，並加以表達。

早年發生過什麼事，使這種原型主導她的個性？她是否遭到虐待，因而躲進個人的世界裡？她是否見識過太多痛苦，於是選擇遠離俗世生活？是否有人鼓勵她成為靈媒？她母親對超自然現象是否有興趣？

為了有所成長，這個原型最適合和以下的原型搭檔：

格鬥士——可以教導她體驗並表達強烈的情感。

誘惑者或魅惑繆思——可以教導她性欲，釋放她靦腆安靜的天性。

救世主——可以將她進一步帶入精神疆域，給她實踐信念的機會。

▽神祕客的條件

- 大多時候喜歡獨處。
- 不計代價試圖維護和平。
- 看重自己的家居生活和獨處時光。
- 一次細心緩慢地做一份工作，彷彿時間綽綽有餘。
- 可以抗拒企圖操控她的人。
- 參與靈性生活。
- 可能對密教有興趣。
- 生活中沒有物質欲望或昂貴的物品。
- 可能茹素。
- 熱衷於資源回收和拯救地球。
- 別人覺得她是怪咖或心神恍惚，她也不在乎。

▽神祕客的缺點

- 不知道如何跟別人同樂。

- 即使她身邊有人，仍然過著與世隔絕的生活。
- 有時候會害臊並有些膽怯。
- 需要學會堅定的態度和作為。
- 太常活在自己的世界裡。
- 不太想要置身「此時此地」，可能會夢想前往其他星球或時空。

神祕客的反派角色：背叛者

反派的神祕客，是那種表面上看來很和氣的老太太，私底下卻會毒害自己的丈夫。她會利用安靜善良的天性來掩飾陰暗面，而且隱藏得如此巧妙，沒人料得到她會做出任何惡行。她的開朗個性遮掩了潛伏在表面底下的怪物。

她行事低調，大家以為她是個甜美害羞的人，不可能做出什麼壞事。當大家得知她不合他們的期待，就會覺得深受背叛。他們為她設下比大多數女性更高的標準。

當她覺得受到某位家人的束縛時，就會爆發情緒，企圖重新取回對生活和家庭的掌控。被拒絕可能也會讓她失控。

她習慣躲避人群與社交場合。她很怕做錯事，於是試著在所有的場合中取悅每個人，這會為她帶來太大的壓力，以致情緒爆發。她覺得自己不夠好，害怕受到排擠。她沒有親密的朋友，相當拘謹，缺乏社交能力，不願意冒險。

她認為大家永遠不會真正看到她、看出她內心那個真正的女人。她很樂意給他們這種「文靜小女人」的刻板形象，以掩藏自己異常的天性。如果結了婚，她可能會覺得丈夫很煩人，因為他奪走她的平和與安寧。她會說自己可以殺了某人，反正對方不會有任何感覺，藉此合理化自己的行徑。

▽背叛者的特質

- 通常覺得自己被困住了。
- 利用「文靜小女人」的刻板形象。
- 優先考慮自己。
- 奪人性命或是打破戒律，都不會有絲毫猶疑，因為她定期上教堂並履行義務。
- 仰賴陌生人的善意。
- 讓其他人幫助她並因此自我感覺良好，他們就會對她放下戒心。
- 說謊的高手。
- 可能有反社會人格（通常是心理疾病引發她行為上的異常）。
- 缺乏社交能力。
- 害怕冒險或結交朋友。
- 想要獨處。
- 覺得自己不夠好，害怕被人拒絕。
- 試著取悅周遭的人，在壓力之下可能會爆發情緒。

▼赫斯提亞，現身！

電視影集中的神祕客／背叛者的電視主角

◎《六人行》（*Friends*）的菲比（Phoebe，麗莎・庫卓飾演）

◎《老公老婆不登對》（*Dharma & Greg*）的妲瑪（Dharma Freedom，珍娜・艾芙曼飾演）

◎《魔法奇兵》（*Buffy the Vampire Slayer*）的薇蘿（Willow Rosenberg，艾莉森・漢尼根飾演）

電影中的神祕客／背叛者

◎《瘋狂殺手俏媽咪》（*Serial Mom*）的貝弗麗（Beverly Sutphin，凱薩琳・透納飾演）

◎《屠夫的靈媒嬌妻》（*The Butcher's Wife*）的瑪莉娜（Marina，黛咪・摩兒飾演）

◎《安妮霍爾》（*Annie Hall*）的安妮（Annie Hall，黛安・基頓飾演）

文學和歷史中的神祕客／背叛者

◎艾莉絲・霍夫曼（Alice Hoffman）著作《超異能快感》（*Practical Magic*）的潔特阿姨（Aunt Jet）和法蘭西斯阿姨（Aunt Frances）

◎史蒂芬・金（Stephen King）著作《桃樂絲的秘密》（*Dolores Claiborne*）的桃樂絲（Dolores Claiborne）

◎V・C・安德魯絲（V. C. Andrews）著作《閣樓裡的小花》（*Flowers in the Attic*）的祖母（Grandmother）

◎艾莎・佛洛伊德（Esther Freud）著作《醜哩叭嘰・怪僻》（*Hideous Kinky*）的茱麗葉（Julia）

◎A・S・拜雅特（A. S. Byatt）著作《天使與昆蟲》（*Angels and Insects*）的尤金妮婭（Eugenia）

◎露易莎・梅・奧爾科特（Louisa May Alcott）著作《小婦人》（*Little Women*）的貝絲（Beth March）

◎安・泰勒（Anne Tyler）著作《意外的旅客》（*The Accidental Tourist*）的穆麗爾（Muriel Pritchett）

◎田納西・威廉斯（Tennessee Williams）劇作《慾望街車》（*A Streetcar Named Desire*）的布蘭琪（Blanche DuBois）

CHAPTER

9

伊希斯

衍伸原型# 女救世主 vs. 毀滅者

Isis: The Female Messiah and the Destroyer

籠罩在光明中的伊希斯穿越大地，每到一處就帶來改變、翻轉和知識。她照亮自己所接觸的一切。她獨自掌握著生死的話語，因為唯有她知道神的祕密名字。支持她的人會獲知永生的祕密，希望維持原狀的人則害怕她的出現會翻轉一切，而後者為了阻擋改變，會奮戰到最後一口氣，他們會想傷害伊希斯、罵她邪惡。她不在意那些封閉的心靈，逕自進行自己的使命，協助孩子們找到救贖和自由。她就是美、愛、慈悲和翻轉。

女救世主

「救世主」是雌雄同體的原型。這個原型的男女版本是一樣的，除了男救世主會宣揚並指引大家通往愛與啟蒙的道路，而女救世主自身就是通往愛和啟蒙的道路。這也許就是為什麼我們聽過的男性聖人和瑜珈行者多於女性的原因。

女救世主原型也可能包含其他原型，以協助她在此生達成目標。比方說，聖女貞德拯救了人民，在戰役裡成為阿特蜜斯／亞馬遜女戰士的化身。

女救世主可能不知道自己與神性之間的連結，而只是「受到驅使」去完成重要的事。就這方面來說，她並沒有努力追求單一的精神目標；她的一生似乎有一個目的，而那個目的會影響成千上萬的人。面對任何問題，女救世主都可以看出全景。她從不驟下結論，也不會捲入日常的八卦流言和風波。她是個超然的旁觀者，能夠綜觀全局，也能明白各種觀點。

她尊重所有的宗教和信仰系統。她自在地奉獻自己，因為她知道自己的付出都會得到三倍的回報。由於性別的關係，女救世主無法以靈性權威的身分，輕易得到大眾的接納。如果她先保持沉默、讓別人談論她，往後她便有機會發表自己的觀點。如果她傳達的訊息是關於愛和慈悲的女性特質，就沒關係；如果她要傳達的訊息更為尖銳，比方像聖女貞德那樣，可能就會為她招來麻煩，除非那是個男女地位平等的社會。否則，可能有人會認為她歇斯底里，或是不把她當一回事，說她「只不過是個家庭主婦」，以此貶低她和她的成就。

她可能不明白自己與神性之間的連結，但是生來就有一股強大的吸引力讓她朝著某個目標前進，並且不惜犧牲自己。想想當初爭取投票權的那些女性犧牲了什麼，或是羅莎．帕克斯（Rosa Parks）拒絕讓座給白人時冒著什麼樣的風險。

▽女救世主在乎什麼？

- 她明白女性和女性特質在父權社會裡面臨的困境，她在乎女性地位的提升。
- 她關心自己也關心別人。對她來說，每個生命都是神性的彰顯。
- 她關心他人，看得出他們本質裡的神性。她希望每個人在靈性上都有所成長。
- 她特別留意孩童和動物，因為他們無法照顧自己。
- 比起療癒身體，她更看重療癒心靈。如果有人必須從痛苦的經驗中學習，即使身為優秀的療癒者，她也不會去解除那個人的痛苦。

▽女救世主害怕什麼？

- 女救世主害怕人們會因為壞人的號召，或是自己想取悅人的欲望而誤入歧途。
- 她害怕自己會遭到迫害，但也坦然接受它是自己命運的一部分。她可以從每個事件裡看出更深層的好處，只有在自己的行動使家人遭受迫害時才會覺得痛苦。
- 她害怕自己來不及完成使命，或必須眼睜睜看著別人受苦。

▽女救世主的動力是什麼？

- 她和比自己強大的力量有所連結，這樣的感性需求給予她動力；她想要付出並獲得無條件的愛，這樣的渴望也給她動力。
- 她知道自己必須和心魔奮戰，才能保持自己和神性之間的連結。她會有清醒與極樂的時刻，但是她必須學習將這樣的經驗與日常事務結合起來。她不會把自己放在別人之上。
- 她追求目標的驅力是如此強烈，除了朝著目標直奔而去，她無法做其他事情。

▽其他角色怎麼看待女救世主

- 要不是覺得她是好人，就是覺得她很壞，沒有介於中間地帶的看法。他們覺得她太理想主義、瘋狂或權力薰心，或是覺得她具有神性、睿智、樂於付出。而不論是哪一種，她都無所謂。
- 不少人嫉妒她與神性之間的連結，尤其是神職人員。想想聖女貞德，她透過天使和聖人的說話聲音、與上帝取得連結，最後的下場卻是被綁在木柱上活活燒死。

▽發展人物弧線

這個原型不見得會在人物弧線中有所改變，但是會經由她害怕的事物而變得強大。先看看你的角色在故事裡的主要目標，再看要用哪些令她恐懼的事物來試煉她。什麼可以幫助她克服恐懼？她是否需要學習如何在氣憤失控的人群中成為主導的中心？她是否需要和群體區分開來，找到自己的認同？她需要學習挺身捍衛自己的信念嗎？

很多時候，救世主需要學習放下，不去在意事件的結局，信任指引她的神靈。不論結局如何，她都必須堅定立場，徹底相信自己。

她必須面對指責她的人，以及她對自己的懷疑。如果她的通靈能力強大，相當敏感，可能會懷疑自己的神智。她第一次表明立場的時候，其他人對她的看法可能會讓她極度苦惱。

她的目標或觀點何時在她的生命中變得強大起來？原因是什麼？她受洗了嗎？她是否經歷過某種成長儀式（passage）？她的父母從事社會運動嗎？他們是追求靈性或信仰虔誠的人嗎？她兒時就很敏感或有通靈能力嗎？她是否曾經看過別人受到傷害或接受善意？

這個原型很可能會協助其他角色成長，而不是自我成長；

她可能會和**天真少女**原型一同歡笑。

她和**神祕客**原型相處時會找到寧靜。

保護者原型可能會成為保護她的盟友。

對她來說，**巫師**原型可能有點難纏。

▽女救世主的條件

- 關心別人勝過自己。
- 對自己是誰有健全的認識。
- 擁有堅強的精神信念體系，可以幫助她熬過艱難的時光。
- 在兒童時期似乎就比多數成人來得聰明和老成。
- 願意為眾人的利益而犧牲自己。
- 不計代價為信念挺身而出。
- 拋棄物質財產。
- 能與大自然和諧共處。
- 內在力量永不枯竭。

▽女救世主的缺點

- 即使真相很殘酷，依然對人直言。
- 為了幫助他人成長，會把對方逼過頭。
- 自我懷疑。

女救世主的反派角色：毀滅者

反派的女救世主不是只關心自己得失和欲望的人，她是堅守所有人最高利益的反派。身為毀滅者，她會投下原子彈來阻撓希特勒——目標是正面的，手段卻是嚴酷的，而且會招致毀滅。她是會說出以下這番話的母親：「當初把你帶到世界上的是我，要是你不聽話，我也可以把你帶離這個世界。」

她做這件事是為了你著想，而不是為了她自己。她會為了拯救多數人而殺死一個人，即使是自己的孩子也難保她不會出手。她做出這樣的決定時，看起來幾乎不帶感情。如果她覺得生病致死可以提升你的靈性成長，即使她能醫治那種病，也會眼睜睜任你病死。

她做事的時候不帶情緒或感受，彷彿上天指定她來打理這些事。她就像是接到任務的機器人，按照指令行動。

她不覺得需要向別人解釋自己的行為。他們永遠無法完全理解她擁有的力量或她背負的重擔。她相信每個人都有自己的因果報應要面對。己所不欲勿施於人，否則她會幫別人對付你，讓你學到一個教訓。

▽毀滅者的特質

- 看事情黑白分明。
- 對於為了拯救多人而傷害某個人這種事不帶情緒（她眼裡只有靈性、沒有血肉之軀）。
- 認為翻轉（transformation）帶來的痛苦是必要的。

- 喜歡挑戰他人、考驗他人的極限。
- 是個嚴酷的正義使者。
- 為了眾人的更大福祉而懲罰部分人。
- 知道有些事情無法解釋。
- 不會試著撫慰別人或厚此薄彼。

▼伊希斯，現身！

電視影集中的女救世主／毀滅者

◎《與天使有約》（*Touched By an Angel*）的蒙妮卡（Monica，諾瑪．唐妮飾演）

電影中的女救世主／毀滅者

◎《聖女之歌》（*The Song of Bernadette*）的伯爾納德（Bernadette Soubirous，珍妮佛．瓊斯飾演）
◎《第五元素》（*The Fifth Element*）的莉露（Leeloo，蜜拉．喬娃維琪飾演）
◎《耶穌之母瑪利亞》（*Mary, Mother of Jesus*）的瑪利亞（Mary of Nazareth，普妮拉．奧古斯特飾演）
◎《駭客任務》（*The Matrix*）的崔妮蒂（Trinity，凱莉安．摩絲飾演）

◎《臥虎藏龍》（*Crouching Tiger, Hidden Dragon*）的碧眼狐狸（鄭佩佩飾演）

◎《諾瑪蕾》（*Norma Rae*）的諾瑪蕾（Norma Rae，莎莉・菲爾德飾演）

◎《永不妥協》（*Erin Brockovich*）的艾琳（Erin Brockovich，茱莉亞・羅勃茲飾演）

文學和歷史中的女救世主／毀滅者

◎聖女貞德

◎神力女超人

◎亞瑟王傳奇（Arthurian Legend）的湖中女神（Lady of the Lake）

◎瑪麗安・紀默・布蕾利（Marion Zimmer Bradley）著作《亞法隆迷霧》（*The Mists of Avalon*）的摩根（Lady Godiva Morgaine）

◎克麗斯塔・金斯勒（Clysta Kinstler）著作《足下之月》（*The Moon Under Her Feet*）的抹大拉瑪利亞（Mary Magdalene）

◎法蘭克・麥考特（Frank McCourt）著作《安琪拉的灰燼》（*Angela's Ashes*）的安琪拉（Angela McCourt）

◎納撒尼爾・霍桑（Nathaniel Hawthorne）著作《紅字》（*The Scarlet Letter*）的海絲特（Hester Prynne）

◎托爾金（J.R.R. Tolkien）著作《魔戒》（*The Lord of the Rings*）的凱蘭崔爾（Galadriel）

CHAPTER

10

波瑟芬妮

衍伸原型# 天真少女 vs. 問題少女

Persephone: The Maiden and the Troubled Teen

夕陽西下，波瑟芬妮在田野裡漫步，一面採摘花朵。無憂無慮的她停步欣賞在腳邊飛舞的蝴蝶。她瞥見遠處有一朵盛放的水仙，朝它飛奔而去。她摘下這朵花，心思一時全放在上頭，沒看到黑帝斯正從大地升起，要綁架她當新娘。原來這朵花正是誘餌。人生的殘酷現實突襲了她，讓她從過往幸福的麻木中甦醒。她學習用自己的苦難來幫助別人，引導亡者的靈魂前往他們最終的安息之地。她母親因為失去她而悲痛萬分，讓她得以在每年春天繁花盛開時返回人間。

天真少女

天真少女不為日常俗務和問題所煩憂，過著優渥快活的生活。「沒什麼大不了」是她的信條。她從不憂慮什麼，所以沒有壓力。她勇於冒險，因為覺得自己所向無敵，會慫恿他人跟著她一起冒險，就像《我愛露西》裡的露西對愛瑟兒（Ethel）那樣。她的自信會感染其他人。

創造這個原型時，年齡不是因素，她可以是四十多歲的女性，卻仍表現得像個小女孩，一心想參加派對尋歡作樂。她永遠保持青春樣貌。她一直沒有成長，也不想成長。在她的心裡，婚姻、孩子、責任並非排在首位。

當有重大事件發生、逼得她張開雙眼時，她會發現自己擁有寬大的胸懷，極有能力成為療癒者和引導者。

天真少女意識不到潛伏於世間的危險。創傷可以成為她的成長儀式，讓她睜開雙眼看清現實。有時候，她可能會將創傷經驗壓抑下來，彷彿什麼也不曾發生過。但是她會因此成為定時炸彈，只要人生再出現類似的情境，就會迫使過往的記憶浮上表面。

▽天真少女在乎什麼？

- 天真少女在乎自己和母親之間的關係。她盡量不去得罪那些支持她和照顧她的人。為了以和為貴，她會三緘其口，將想法藏在心裡。
- 她喜歡依賴別人，這樣就不用擔起自己的人生責任。她寧願讓其他人去擔心帳單的問題。

- 她喜歡認識新朋友和找樂子。她總是在尋找新流行、新時尚或新遊戲。新奇的事物能挑起她的注意力。她從來不無聊。她喜歡參加短期課程，因為前後只維持幾星期而且經常有變化，每學期都能認識新的人。

▽天真少女害怕什麼？

- 天真少女不敢自己做決定。她會纏著周圍的人，直到有人替她下決定為止。如非必要，她不想照料自己。她相信讓別人替自己服務是一種有力量的表現。
- 她不希望別人丟下她去「長大」。她需要有人陪她玩耍。
- 她最大的恐懼是被困在朝九晚五的工作裡，或是擺脫不了控制欲強的男人。她需要擁有自己的空間和自由。她的精神很脆弱。
- 大家覺得她很天真，而她害怕被攻擊、傷害。
- 她對周遭的世界並未完全免疫，儘管如此，她還是試著享受生活。

▽天真少女的動力是什麼？

- 安全與保障是天真少女的動力。她需要知道有人在她跌落的時候會接住她。不論她是否見識過人生的殘酷，不論她是貧是富，她知道自己需要有人支持，才能維持自由自在的生活風格。

- 如果她曾經面臨會引發創傷的情境，她對保障和保護的需求就會隨之增長。
- 她在人生中最重視的事情就是能夠自由地做她自己。她必須表達自我以及內心的渴望，同時又必須去討好別人，免得他們將她從遺囑裡剔除。
- 她喜歡與眾不同、獨樹一格，喜歡成為眾人討論的焦點。她喜歡做令人吃驚的事。她喜歡《我愛露西》影集中的女主角露西．里卡多。

▽其他角色怎麼看待天真少女？

- 女人覺得她年輕、經驗不足、淡漠疏遠，男人則覺得她性感、孩子氣，是他們可以控制和拯救的女子。她似乎會吸引支配型的男性。
- 有很多男人說自己受她的純真吸引，想要照顧她，可是他們會變得過度保護、頤指氣使。他們喜歡她，因為她讓他們覺得年輕。
- 她有時穿著少女風格的服飾，有時會換上誘人性感的服裝。

▽發展人物弧線

先看看你的角色在故事裡的主要目標，再看要用哪些令她恐懼的事物來試煉她。她需要學會什麼才能克服恐懼？她需要學習如何照顧自己嗎？她需要發掘自己靈性的一面嗎？她需要超越自己想要有人時時陪伴和參加派對的欲望嗎？

天真少女往往必須被迫學習自立。她需要養活自己、有所付出。她需要對自己的能力培養信心，看出自己人格裡的堅強。她需要意識到人生的嚴酷、摘掉自己那副玫瑰色的鏡片。她可以成為一個非常堅強的人，坦率地對其他人付出，引導他們走出痛苦和困境。她需要看出自己內在的這份天賦。她的內心非常天真單純，重點在於要能檢視自己的內在、認清自己真正的樣貌。

早年發生過什麼事，使這種原型主導她的個性？她是不是被寵壞了？她的父母是不是將所有的問題和痛苦隱藏起來，不讓她知道？姊姊或兄長一直以來都替她打點好一切嗎？她在學習上是否有障礙，因此受到特殊對待？

為了有所成長，這個原型最適合和以下的原型搭檔：

女性之友——可以讓她看到自己內在的力量，幫助她瞭解並接受自己的敏感度和靈性天賦。

巫師——會用某種方式誘拐她、喚醒她，將她帶離她替自己打造、受保護的小世界。

亞馬遜女戰士——可以教導她怎麼照顧自己、變得堅強，教導她正面看待並接受自己的力量和感性，也可以將她拖出她那個備受保護的世界。

控制狂母親——有時會表現得很跋扈、控制欲很強，會將少女趕出家門，讓她學習怎麼照顧自己。

▽天真少女的條件

- 喜歡玩樂、參加派對。

- 跟自己的母親很親近，不然就會心煩意亂。
- 經常換朋友和興趣。喜歡多樣化。
- 除了星期六夜晚要怎麼過，對未來沒有計畫。
- 非常純真與溫柔。
- 有時是很棒的傾聽者。
- 可以幫忙別人熬過創傷。
- 有時相當敏感，感應得到超自然力量。

▽天真少女的缺點

- 自己的生存和自由要仰賴別人。
- 需要他人關注，喜愛成為焦點。
- 難以全心投入一段關係。
- 不見得能瞭解自己的行為所帶來的後果。
- 一直戴著粉紅色鏡片過生活，彷彿自己永遠不會碰到什麼麻煩。
- 為了討好別人，不透露自己的看法。

天真少女的反派角色：問題少女

反派角色的天真少女，是個失控的問題少女，毫無節制地沉迷於玩樂、派對、藥物、性愛。對她而言，成績和規定都無足輕重，因為她並不在乎未來。

她可能會犯罪，不明白自己的行動會招致什麼後果。她可能會為了討男孩歡心而答應跟對方上床，因為不懂避孕措施而懷孕。發生這些事的時候，她期待父母或家庭成員出面協助。在她眼裡，他們最好能在一旁支付律師費、看顧寶寶，或滿足她的任何需求。她以往不曾為自己的行動負責，現在也不會開始扛起責任。

她有消極攻擊的傾向，說要掌控自己的人生卻毫無作為。家庭成員和朋友不出面的時候，她會費盡心機要他們幫忙，為了引起他們的關注甚至會企圖自殺，其他人不得不放下自己的生活來應付她的胡鬧。關心她的人永遠不得安寧。問題少女倦怠憂鬱、對世界覺得幻滅，最後經常落得要面對法官，由法庭來導正她的行為。大多時候，童年時期受到的虐待是點燃她怒火的來源。

她有一種不負責任的行為模式，缺乏道德和倫理。她對自己缺乏責任心，運用表面的魅力來操縱別人。

說到自己的問題時，她很自我中心。「除了我，誰都不重要」是她的信條。她相信自己是特別的，不受法律約束。她認為自己有資格跟那些她覺得獨特的人在一起。她有時相當傲慢，對別人缺乏同理心。她經常幻想自己會變得非常成功，就因為她值得。

她覺得沒人事先告訴她這個世界有多可怕，而且她又沒要求被生下來。她希望大家都不要煩她。她相信這是她的身體，她想要怎麼用自己的身體都隨她高興。她沒時間擔憂明天，因為明天可能永遠不會來。她希望死前回顧一生時，人生充滿了朋友和歡樂。

▽問題少女的特質

- 厭惡規定和權威（她反對現行的社會體制）。
- 憂鬱、憤怒、自私。
- 偷竊和打架。
- 有求死的念頭，經常冒險。
- 容易受到邪教團體與反抗組織的影響。
- 利用外在的魅力來操縱他人。
- 對犯罪同夥很忠誠。
- 喜歡傷害家人，因為他們傷害她。
- 無法疼愛或關懷其他生物。
- 將真正的自我埋藏起來。
- 覺得自己有特權、與眾不同，不受法律約束。
- 幻想自己未來的成功。
- 沒有責任感。

▼波瑟芬妮，現身！

電視影集中的天真少女／問題少女

◎《魔法奇兵》（*Buffy the Vampire Slayer*）的科黛拉．查絲（Cordelia Chase，嘉莉絲瑪．卡本特飾演）

◎《我愛露西》（*I Love Lucy*）的露西（Lucy Ricardo，露西．鮑兒飾演）

◎《聖女魔咒》（*Charmed*）的菲比．海利維（Phoebe Halliwell，阿麗莎．米拉諾飾演）

◎《六人行》（*Friends*）的瑞秋（Rachel Green，珍妮佛．安妮斯頓飾演）

電視影集中的天真少女／問題少女

◎《獨領風騷》（*Clueless*）的雪兒（Cher Horowitz，艾莉西亞．席薇史東飾演）

◎《哈拉瑪莉》（*There's Something About Mary*）的瑪莉（Mary Jensen Matthews，卡麥蓉．狄亞飾演）

◎《末路狂花》（*Thelma & Louise*）的泰瑪（Thelma Dickinson，吉娜．戴維斯飾演）

◎《黑色追緝令》（*Pulp Fiction*）的米亞．華勒斯（Mia Wallace，烏瑪．舒曼飾演）

◎《火爆浪子》（*Grease*）的桑德拉（Sandra Dee，奧利維亞．紐頓強飾演）

◎《臥虎藏龍》（*Crouching Tiger, Hidden Dragon*）的玉嬌龍（章子怡飾演）

文學和歷史中的天真少女／問題少女

◎安蒂岡妮（Antigone）

◎亞瑟王傳奇的王后桂妮薇兒（Guinevere）

◎小紅帽

◎《睡美人》的奧蘿拉公主（Princess Aurora）

◎路易士・卡洛爾（Lewis Carroll）著作《愛麗絲夢遊仙境》（*Alice in Wonderland*）的愛麗絲（Alice）

◎法蘭克・包姆（L. Frank Baum）著作《綠野仙蹤》（*The Wizard of Oz*）的桃樂絲（Dorothy）

◎弗拉基米爾・納博科夫（Vladimir Nabokov）著作《蘿莉塔》（*Lolita*）的朵拉芮絲（Dolores "Lolita" Haze）

◎茱蒂・布倫（Judy Blume）著作《神啊，你在嗎？》（*Are You There God? It's Me, Margaret*）的瑪格麗特（Margaret）

◎莎士比亞劇作《羅密歐與茱麗葉》（*Romeo and Juliet*）的茱麗葉

◎莎士比亞劇作《哈姆雷特》（*Hamlet*）的奧菲莉亞（Ophelia）

◎珍・奧斯汀（Jane Austen）著作《艾瑪》（*Emma*）的艾瑪（Emma）

◎亨利・詹姆斯（Henry James）著作《黛西・米勒》（*Daisy Miller*）的黛西（Daisy Miller）

◎費滋傑羅（F. Scott Fitzgerald）著作《大亨小傳》（*The Great Gatsby*）的黛西（Daisy Buchanan）

◎童妮・摩里森（Toni Morrison）著作《寵兒》（*Beloved*）的已逝女兒（Beloved）

◎湯馬斯・哈代（Thomas Hardy）著作《黛絲姑娘》（*Tess of the d'Urbervilles*）的黛絲（Tess）

第三部

創造男主角和反派

CHAPTER

11

阿波羅

衍伸原型# 商人 vs. 叛徒

Apollo: The Businessman and the Traitor

在燦爛的陽光下，神祇阿波羅沿著沙灘闊步前行。他放眼掃視海洋，但比起細看波浪底下的動靜，他更喜歡眺望海平線。他的心思總是放在遠處發生的事件上。他隨身帶著弓與箭，好讓他可以從令人安心的距離發動攻擊。他在夜間四處遊走，守護無辜的幼兒，尋覓挑釁者，以磨練身為弓箭行家的技藝。富邏輯的心思讓他成為正義的裁決人，強大的意志力則讓他得以完成自己設下的任何目標。

商人

商人忙碌而活躍，時時掛心工作。強大的邏輯腦讓他成為一個優秀的團隊伙伴和可靠的員工，卻無法使他成為好丈夫或好父親。他不知道怎麼放鬆、怎麼陪孩子玩耍，所以經常把工作帶回家，以逃避家庭生活。

對他來說，跟家人一起度假很難熬，親密和長時間坐著不動則是時間和精力的浪費。他經常會邀生意伙伴和他們的家人一起去度假，這樣就能一箭雙雕。

他瞭解因果的本質，並以此作為生活的準則。他會設定目標，在他人落敗之處實現目標。他的焦點堅如磐石，行動清晰明確。

他喜歡研擬計畫，替自己和他人訂下高標準，但他往往達不到最終目標，因為他缺乏那種實現目標的狠勁。他在大企業或在大型學院裡都會有出色的表現。

▽商人在乎什麼？

- 商人在乎自己的事業。他能將職涯道路規畫好，專注於自己的目標上。他投入每項計畫和建立每個人脈時，都很清楚它們會讓自己的事業更上一層樓。他從不浪費時間或精力，無法理解那些對事業不如他熱衷的人。
- 他喜歡當人群裡那個冷靜沉著的人，負責化解爭端、帶來秩序與和平。他很適合當裁判，因為他不喜歡爭吵，也不喜歡在棘手的情境裡捲入肢體衝突。

- 他喜歡從事戰略性規畫，想要成為團隊裡的一員。
- 競爭對他來說是種樂趣，不論對手是男是女。他尊重那些跟他一樣爭取升遷的人。他們和他一樣都是善於規畫的人。

▽商人害怕什麼？

- 他害怕失去自己的事業，害怕必須另覓工作。他熱愛自己的職業，這是他的自我認同和存在的一切理由。
- 他對情緒和任何類型的親密都很陌生。他也許腳踏多條船，同時和幾位女友交往，因為他害怕跟任何一個過於親近。她們必須理解和支持他的工作狂生活型態。
- 混亂是他的敵人，他無力應付任何突發或隨機的事情。他一定要知道事物該有的位置和理由。他總是按照邏輯思考，在人生中追求秩序，在工作上也一樣。
- 他不大能夠接受拒絕，尤其是被女人拒絕。

▽商人的動力是什麼？

- 自尊和自重是他的動力。他希望自己因努力而贏得景仰與認可，但他同時又不想跟團隊畫分界線。他永遠不想成為唯一必須為公司扛責的人。
- 競爭可能會刺激他嘗試新事物。任何需要他動腦的事，都會引起他的注意。

• 成功是另一大動力。他會不計一切在企業內爭取晉升。

▽其他角色怎麼看待商人？

• 有些人覺得他不真誠，因為他似乎只跟那些對他的公司和事業有利的人攀談。他不在乎別人怎麼想。成功比友誼更重要，友誼不會為他帶來退休金。
• 他衣著光鮮，但不會比同事突出太多。有時他會繫顯眼的鮮豔領帶，不過那已經是他追求與眾不同的極限了。他有意呈現正確的形象。
• 他對人生沒有熱情或愛，有時似乎缺乏惻隱之心。沒有人知道他篤定的眼神背後在想些什麼。

▽發展人物弧線

先看看你的角色在故事裡的主要目標，再看要用哪些令他恐懼的事物來試煉他。他需要學會什麼才能克服恐懼？他需要學會獨處並且知足嗎？他需要和家人有情感上的交流嗎？他的妻子過世，他必須獨自照顧孩子嗎？他是否錯過晉升機會，事業正逐漸走下坡？

很多時候，商人需要學習放開他的拘束和目標。他需要學習謙卑，培養惻隱之心。他需要瞭解自己的情感狀態，發掘與他人交流的能力，將對方當成活生生的人，而不是一個傀儡。

早年發生過什麼事，使這種原型主導他的個性？他父母是否要求他在學校裡要有出色的表現，逼著他要成功？他是否親眼看過父親受到屈辱？他的父母是否對工作不夠專注和投入，因此失去了一切？他是否因為肢體不協調而被挑過毛病，導致現在以心智能力來過度補償？

為了有所成長，這個原型最適合和以下的原型搭檔：

藝術家——可以教導他理解愛、情緒這一類陰性特質。

誘惑者——可以教導他怎麼拋開行動的後果，享受人生的樂趣。

神祕客——可以教導他如何成為有靈性的人，以及如何自處而無須用大量工作和活動來麻木自己的心靈。他嘗試透過工作至上的生活風格，將記憶和感受壓抑下來。與神祕客往來的這段平靜時光，或許會喚醒那些記憶和感受。

蛇髮女妖——可以羞辱他、教導他學會謙卑。她可以引發混亂和不確定，將他的生活攪得天翻地覆。

▽商人的條件

- 工作時喜歡融入團隊。
- 在意自己在工作上的形象，衣著光鮮。
- 有完成任務的堅強意志。
- 依照邏輯和策略來思考，可以成為優秀的分析師、偵探和教師。
- 秩序井然時會有良好表現。

- 發現自己只對工作和新構想懷抱熱情。
- 忠誠、值得信賴。
- 樂意發揮自身專長來協助他人。

▽商人的缺點

- 對事業過度執著。
- 只關注那些對自己事業有益的人。
- 不善於表達情緒。
- 有時可能太高傲。
- 受到攻擊時，會認同對方的行徑，讓暴力循環持續下去。
- 不大會應付被人拒絕的情況。
- 缺乏自發性，厭惡混亂，缺乏彈性。

商人的反派角色：叛徒

反派的商人角色是叛徒。對他來說，事業排在第一位。如果他看到自己的公司面臨災難，會竭盡一切掩蓋任何過失。如果同事做了威脅公司的事，他會告發他們，即使作惡的是公司。他的專長為他贏得了信任，許多人除了信任他別無選擇，因為他們沒有足夠的知識來質疑他，其他人則只能任他擺布。

當事情出了差錯，他覺得該由自己出面執行正義，以冷靜但無情的態度來進行。他有時對別人毫無憐憫之心，因為他長久以來只靠頭腦、遠離感情。

局面變得混亂時，他的情緒會失控，做出自己意想不到的事。他的邏輯思考阻絕了他的情緒。當情勢違反邏輯的時候，他的心智就會被逼到崩潰邊緣。

他運用規定和秩序來閃避自己的感受。他是個完美主義者，非常在意細節、規則、清單、秩序和排程，其實這反倒會妨礙他完成任務。他什麼事也拋不開。除非別人遵循他的方法做事，否則他很難接受別人的幫忙。

他希望事情按照自己的設想來進行，當其他人不肯遵從的時候，他就會發脾氣。他就像電影《捍衛戰警》（*Speed*）裡和警探傑克（基努・李維飾演）鬥智的退休炸彈專家佩恩（丹尼斯・霍柏飾演），要前者解開謎題才能取得下一個線索。他喜歡炫耀自己的發明和專長。

雖然大多反派角色都不認為自己是惡人，但這個反派角色真心相信自己是好人，錯的都是別人，引起混亂的也是他們，相信自己值得更好的際遇。他想要展現自己多麼有價值，證明大家沒有他過不下去。他會把自己的發明賣給出價最高的人，因為他覺得自己的努力理應得到回報。

▽叛徒的特質

- 覺得自己大材小用。

- 希望自己的付出能換來尊敬和認可。
- 一旦覺得自己被團隊拋棄，就不會再一派忠心。
- 願意不計一切，好讓生活恢復秩序。
- 想給別人一個教訓，完全不覺得自己是惡棍。
- 不會平心靜氣接受拒絕。
- 只會背叛那些他覺得背叛自己的人。
- 對組織和安排攻擊計畫非常執迷。
- 把他人當成棋局裡的棋子。
- 喜歡長期抗戰，既挑戰自己，也挑戰對手（甚至會和敵手為友）。

▼阿波羅，現身！

電視影集中的商人／叛徒

◎《歡樂一家親》（*Frasier*）的費瑟・克雷（Dr. Frasier Crane，凱西・葛雷莫飾演）和奈爾斯（Dr. Niles Crane，大衛・海德・皮爾斯飾演）

◎《神探可倫坡》（*Columbo*）的警督可倫坡（Lieutenant Columbo，彼得・福克飾演）

◎《夢幻島》（*Gilligan's Island*）的羅伊（Roy "The Professor" Hinkley Jr.，羅素・約翰遜飾演）

◎《星際爭霸戰：重返地球》（*Star Trek: Voyager*）的史巴克（Commander Spock，李奧納德・尼莫伊飾演）

◎《艾莉的異想世界》（*Ally McBeal*）的理查・費雪（Richard Fish，葛瑞格・杰曼飾演）

◎《天才家庭》（*Family Ties*）的艾歷克斯（Alex P. Keaton，米高・福克斯飾演）

電影中的商人／叛徒的電影主角

◎《ID4 星際終結者》（*Independence Day*）的大衛・萊文森（David Levinson，傑夫・高布倫飾演）

◎《魔鬼剋星》（*Ghostbusters*）的伊根・史賓格勒（Dr. Egon Spengler，哈洛・雷米斯飾演）

◎《華爾街：金錢萬歲》（*Wall Street*）的葛登・蓋柯（Gordon Gekko，麥克・道格拉斯飾演）

◎《捍衛戰警》（*Speed*）的佩恩（Howard Payne，丹尼斯・霍柏飾演）

◎《征服情海》（*Jerry Maguire*）的傑瑞（Jerry Maguire，湯姆・克魯斯飾演）

◎《窈窕淑女》（*My Fair Lady*）的亨利・希金斯（Professor Henry Higgins，雷克斯・哈里遜飾演）

◎《麻雀變鳳凰》（*Pretty Woman*）的愛德華（Edward Lewis，李察・吉爾飾演）

◎《安妮霍爾》（*Annie Hall*）的艾維（Alvy Singer，伍迪・艾倫飾演）

文學和歷史中的商人／叛徒

◎麥克・克萊頓（Michael Crichton）著作《侏羅紀公園》（*Jurassic Park*）的葛蘭博士（Dr. Alan

Grant）

◎柯南・道爾爵士（Sir Arthur Conan Doyle）筆下的夏洛克・福爾摩斯

◎納撒尼爾・霍桑（Nathaniel Hawthorne）短篇小說〈年輕的布朗大爺〉（*Young Goodman Brown*）的布朗（Young Goodman Brown）

◎阿嘉莎・克莉絲蒂（Agatha Christie）筆下的白羅（Hercule Poirot）

◎查爾斯・狄更斯（Charles Dickens）著作《小氣財神》（*A Christmas Carol*）的史古基（Ebenezer Scrooge）

◎亞瑟・米勒（Arthur Miller）劇作《推銷員之死》（*Death of a Salesman*）的威利・羅曼（Willy Loman）

◎珍・奧斯汀（Jane Austen）著作《傲慢與偏見》（*Pride and Prejudice*）的達西先生（Mr. Darcy）

◎安・泰勒（Anne Tyler）著作《意外的旅客》（*The Accidental Tourist*）的麥肯（Macon Leary）

◎辛克萊・路易斯（Sinclair Lewis）著作《巴比特》（*Babbitt*）的巴比特（George Babbitt）

◎法蘭茲・卡夫卡（Franz Kafka）著作《審判》（*The Trial*）的約瑟夫・K（Joseph K.）

CHAPTER

12

阿瑞斯

衍伸原型# 保護者 vs. 格鬥士

Ares: The Protector and the Gladiator

除了阿瑞斯，其他所有神祇都在山丘上靜觀下方的戰場上方興未艾的戰事。阿瑞斯早已全副盔甲，興高采烈地投入戰鬥。他戰鬥是為了滿足個人的嗜血欲望，而不是為了實現某種高貴的理想。涉及肢體的任何事情都讓他心生歡喜，他的熱情讓所有跟隨在後的人上氣不接下氣。他雖然身為社區和家庭的保護者，但任何理由都足以讓他一頭栽入爭鬥之中。

保護者

保護者是一個依靠肢體而非腦袋生活的人。他對一切都有強烈的感覺，渴望形形色色的肢體活動。他保護自己所愛之人那種強悍猛烈的程度，讓人感覺他彷彿單純為了自己的樂趣而戰。他不需要太多理由，就會在某個局面裡挺身而戰或做出激烈反應。

他活得戰戰兢兢，彷彿每個人都要跟他作對。他就像顆滴答作響、隨時會爆炸的的不定時炸彈。同時，他可能無比忠誠、有強烈的保護欲，讓女人自覺特別與備受關愛。他重視官能的本質和體能的專長，讓他成為很棒的情人。他對隨興和冒險的強烈需求，驅使他在別人的生命裡來來去去，難以專一於一個對象。

在他心裡，事業並非首要之務，未來似乎還很遙遠。他的生活裡充滿奇遇和冒險，而他樂此不疲。

▽保護者在乎什麼？

- 保護者喜歡動手動腳。對他來說，他的身體是一切，是他體驗人生的方式。跳舞、唱歌、歡笑和打鬥——那就是他。
- 雖然他不是企業型的人，但不論在足球場上或會議室裡，他都想贏得戰鬥。
- 他關心自己的朋友和家人，不計後果，一有機會就跳出來捍衛他們。攻擊他的家人和朋友，就等於攻擊他。他有可能將保護人的熱度轉而投注在某種慈善事業上，有可能成為傑出的社會活動家。當他替別人的權利奮戰時，會有出色的表現。

• 旅遊、跟積極主動的女性往來是他最愛的消遣。

▽保護者害怕什麼？

• 不論別人做什麼，一概嚇不到他。他只怕自己的身體出問題、失去活動能力。對他來說，生病或癱瘓如同死了一樣。他對一切事物都有強烈的感受。
• 他害怕無法保護自己在乎的人。
• 他討厭整天坐在桌前的工作，也無法理解做這種工作的人。他寧可減薪去當建築工人，至少還能冒一點險。
• 他不愛動腦筋。只要出現問題，都喜歡直接靠肢體解決。

▽保護者的動力是什麼？

• 他最大的動力就是生存。每一種攻擊，無論大小，都會威脅到他的生存。他每天都活得緊張兮兮。任何小威脅都可能觸動更大的威脅，他會趁早加以扼殺。別人的尖酸言語，雖然只是說說，他卻會認真當一回事。「我不殺人，人必殺我」是他的信條，「以牙還牙」也是。
• 沒有風險的生活對他來說乏味無趣。他不是忙著保護別人，就是在尋找下一個大挑戰。他會是頭一個下水的人，喜歡讓那些不敢起而追隨的人自覺愚蠢。他會帶領人們一起冒險、享受人生。

▽其他角色怎麼看待保護者？

- 大家不是覺得他很激烈熱情，就是覺得他愚蠢倔強。他活在當下，不假思索就做出反應。他不是很在意別人的想法，因為他自得其樂。
- 他希望別人可以感應到潛伏在他眼底那一份暗黑的戰鬥渴求。他想要威嚇別人。
- 他的打扮總是呼應情境、講求實際。他希望活動自如、隨時投入，所以不論參加什麼場合都不會穿西裝。

▽發展人物弧線

先看看你的角色在故事裡的主要目標，再看要用哪些令他恐懼的事物來試煉他。他需要學會什麼才能克服恐懼？他需要學習使用腦袋而非身體嗎？他需要學習怎麼獨自一人靜靜坐著嗎？他需要調整自己想要冒險的需求嗎？他需要找一份收入穩定的工作或事業嗎？

保護者經常需要學習自我控制。他總是爆發脾氣，需要學習深吸一口氣，退一步，先評估情勢再做出反應。他需要學習怎麼用語言來捍衛自己，而不是動用拳頭。

早年發生過什麼事，使這種原型主導他的個性？父親虐待過他嗎？他母親經常在家裡跳舞，陪他玩遊戲嗎？他小時候是不是常被欺負，於是發誓以後要變強大？他是否親眼看過父親受到傷害？他的父母是否都是社會運動家，教他要為理念奮戰？母親是否受過傷害，而他當時幫不了她？

為了有所成長，這個原型最適合和以下的原型搭檔：

國王——可以教導他自我控制、約束自己的行為。

問題少女——也許她不想要被拯救，所以保護者遇到這類不想要他幫忙的人，必須學著放手。

父之女——很擅長運用邏輯思維，可以教導他怎麼用語言開戰。她的影響力可以讓他平靜下來，強迫他在行動前先思考。

控制狂母親——可以用愛控制的天性教導他遵守紀律，她的情緒和怒氣跟他不分高下；她是個可敬的對手。如果他敢對她動手，必得付出高昂的代價。

▽保護者的條件

- 非常倚重肢體，而非腦力。
- 為了樂趣和旅行放棄事業上的成就。
- 為了拯救所愛的人而戰鬥，永不放棄。
- 當其他人不敢挺身而出時，他願意為了理念而戰。
- 喜愛唱歌、跳舞、做愛。
- 總是在尋覓下一個大刺激、挑戰或風險。

▽保護者的缺點

- 受到攻擊時，想也不想就動手。
- 表現得好像隨時都為了生存而戰。
- 神經緊繃地活著。
- 不大考慮自己行動的後果。
- 行動毫不留情，信奉以牙還牙。

保護者的反派角色：格鬥士

保護者的反派角色是格鬥士，他不是要保護或拯救自己的所愛，也不是要為了理念而戰，而是為了滿足戰鬥和嗜血的欲望。他戰鬥和破壞是為了純粹的樂趣，以及隨之而來的力量。他渴望群眾的吼聲，喜歡看到自己出現在新聞裡。

他對冒險的欲望使他置其他人的生命於危險之中，而他一點也不放在心上。他會為了跟朋友比賽看誰先開車回到家，而以超過速限兩倍的速度飆車，罔顧路上其他駕駛人的安全。人生對他來說是一場遊戲。

他有一種根深蒂固、適應不良的行為模式，行為衝動、難以預測。他時常情緒失控，自我形象（self-image）不穩定。他不為自己的行徑負責。行為遭到質疑時，他經常擺出受害者的樣子。

跟壓力有關的焦慮感折磨著他，被拋棄的感覺也折磨著他，無論這種感覺是真實的或想像的。他內心總是覺得空虛，試著透過冒險來補償，結果陷自己和他人於險境。他無法忍受獨處，總是需要出門遛達、找事情做，讓別人困擾不已。

他熱愛戰鬥，享受挑戰和冒險，才覺得自己活著。對他來說，人生如此無聊和殘酷，他不願吃苦。他完全不在乎自己的生死，奪取他人的性命又何必在意？至少他伴隨著群眾的歡呼瀟灑離去——至死是一條好漢。他不在意變老，因為他不打算活得長久。

▽格鬥士的特質

- 覺得被拋棄。
- 渴望人群的歡呼。
- 渴望鮮血、死亡與戰鬥。
- 缺乏關懷他人的情感，只感覺到滿腔的怒氣。
- 時常情緒爆發。
- 對自己的主觀感受（自我形象）不佳。
- 無法忍受獨處。
- 想要有所感受，而危險是他唯一有感覺的東西。
- 為了彌補內在的空虛鋌而走險。
- 慫恿別人一起冒險。

- 陷無辜的人於險境。
- 行為遭到質疑時，會裝出受害者的樣子。
- 不指望活得長久。
- 樂意英勇赴死。

▼阿瑞斯，現身！

電視影集中的保護者／格鬥士

◎《銀河飛龍》（*Star Trek: The Next Generation*）的武夫（Lieutenant Worf，麥可・多恩飾演）

◎《紐約重案組》（*NYPD Blue*）的丹尼（Detective Danny Sorenson，瑞克斯・克路德飾演）

◎《探案》（*Hunter*）的瑞克（Detective Sergeant Rick Hunter，弗里德・杜萊爾飾演）

◎《霹靂遊俠》（*Knight Rider*）的李麥克（Michael Knight，大衛・赫索霍夫飾演）

◎《邁阿密風雲》（*Miami Vice*）的桑尼・柯克特（Sonny Crockett，唐・強生飾演）

電影中的保護者／格鬥士

◎《洛基：勇者無懼》（*Rocky*）的洛基（Rocky Balboa，席維斯・史特龍飾演）

◎《終極警探》（*Die Hard*）的約翰・麥克連（Detective John McClane，布魯斯・威利飾演）

◎《奪寶大作戰》（*Three Kings*）的艾奇（Archie Gates，喬治・克隆尼飾演）

◎《天倫夢覺》（*East of Eden*）的卡爾（Cal Trask，詹姆斯・迪恩飾演）

◎《捍衛戰士》（*Top Gun*）的米契爾（Lieutenant Pete "Maverick" Mitchell，湯姆・克魯斯飾演）

◎《綠寶石》（*Romancing the Stone*）的傑克（Jack Colton，麥克・道格拉斯飾演）

◎《星際大戰》（*Star Wars*）的韓索羅（Han Solo，哈里遜・福特飾演）

◎《教父》（*The Godfather*）的桑尼（"Sonny" Corleone，詹姆斯・肯恩飾演）

文學和歷史中的保護者／格鬥士

◎羅賓漢的副手小約翰（Little John）

◎超人

◎蒙面俠蘇洛（Zorro）

◎亞瑟王傳奇的蘭斯洛（Lancelot）

◎綠巨人浩克（The Incredible Hulk）

◎雷神索爾（Thor）

◎莎士比亞劇作《羅密歐與茱麗葉》（*Romeo and Juliet*）的羅密歐

◎威廉・高汀（William Golding）著作《蒼蠅王》（*Lord of the Flies*）的傑克（Jack Lord）

◎理查・馬辛柯（Richard Marcinko）著作《海豹神兵》（*Rogue Warrior*）系列的理查（Richard）

CHAPTER

13

黑帝斯

衍伸原型# 隱士 vs. 巫師

Hades: The Recluse and the Warlock

住在無光的黑暗冥界，黑帝斯活在自己的腦袋裡。他不需要朋友或同伴，寧可一人獨處。他從事日常活動時，生活充滿了豐富的想像。他的心思永遠在他方。他從未意識到自己的人生有何匱乏，直到遇見美麗的女神波瑟芬妮。一看到她，他才明白自己需要伴侶才能度過一生，但是對愛情一竅不通的他綁架了她，拖著她進入他在冥界的生活。他偷走她的純真，並意識到自己多麼無情。隨著愛意增長，他決定犧牲自己與她共處的一部分時間，這樣她每年春天就能回去探望她的母親。波瑟芬妮教會他惻隱之心和自我覺察。

隱士

隱士擁有豐富的內在生活和創意精神，但有時可能會迷失在自己的幻想裡。他可能相當敏感，可以看到其他的世界，有點通靈的能力，不小心的話可能會完全脫離現實。

他也可能是個了不起的哲學家，會花很多時間閱讀和分析概念。如果他找到對的女性，或許可以享受一點家庭生活和陪伴，但是整段關係都要靠女方維繫，他對這方面一竅不通，可能會有好幾天時間都表現得很疏離。最適合他的女性是赫斯提亞，因為她喜歡獨處。

▽隱士在乎什麼？

- 隱士在意能否獨處。他有豐富的內在生活，喜歡活在自己的思緒裡。他在人群中覺得不自在，尤其是置身大批群眾之中。比起從商，他更想在山林裡生活。如果他住在都市附近，可能會選擇成為僧侶。
- 他只在乎自己的內在世界，對其他人的故事沒有興趣。他完全不想受到他人打擾。在人群裡，他只想當個隱形人。
- 他覺得跟其他人都格格不入，他可能想要進入另一個世界，擁抱死亡。
- 他在乎自己的嗜好和計畫，往往花很多時間在小小的任務上。他選擇親手做每件事，而不是跑到商店去買個可以發揮同樣功能的器具。

▽隱士害怕什麼？

- 隱士害怕人群。他喜愛孤獨，但心裡有一部分可能會渴望有個小家庭，能夠給他一些陪伴。
- 他害怕迷失在豐富的幻想世界裡，尤其當他處於高度通靈狀態、聽得見靈體的聲音時。
- 他害怕情緒起伏，看來非常乏味，有時不會展現任何個性。
- 他害怕世界會突襲他、吞噬他。他害怕人們會強行闖入他的生活。他的居所對他來說是最重要的，是他的安全網。

▽隱士的動力是什麼？

- 隱士最大的動力是對求知（know）和理解的需求。他活在自己的腦袋裡，總是在思考和分析。他的時間都花在滿足自己對理解世界的需求上。他是個了不起的哲學家，願意花很長時間質疑生命的奧祕。
- 他對獨處的需求，促使他不計一切找到可以獨處的地方。
- 某個時間點，強烈的孤獨感可能會促使他去尋覓伴侶或朋友。

▽其他角色怎麼看待隱士？

- 其他人可能會覺得他缺乏個性、乏味無趣。他們有時候會納悶他是不是瘋了，因為他執迷於事物更深層的意義。
- 他對裝扮或飲食毫不在意。他過度沉浸在自己的思緒裡。他有點像是每天穿同一款西裝的愛因斯坦。
- 他似乎有點漫無章法、不修邊幅，總是在找他放錯地方的東西。

▽發展人物弧線

先看看你的角色在故事裡的主要目標，再看要用哪些令他恐懼的事物來試煉他。他需要學會什麼才能克服恐懼？他需要學會在人群面前說話嗎？他需要整頓自己的生活嗎？他需要學習怎麼感受和表達愛意嗎？他必須跟一大群人互動，以拯救自己的家園嗎？

隱士經常需要學習怎麼跟人產生共鳴。他必須學習，人類的陪伴自有好處，跟他的內心世界一樣，都可以豐富他的人生。他必須跟自己的身體重新產生連結，也必須從事肢體活動。

早年發生過什麼事，使這種原型主導他的個性？他的父母一向深居簡出嗎？他在成長期間有朋友嗎？他住在偏遠的地區，從來沒學會怎麼跟人相處嗎？他的母親總是害怕城市，無法跟人群相處嗎？

為了有所成長，這個原型最適合和以下的原型搭檔：

愚者——可以教導他怎麼享樂和放鬆。讓他知道怎麼跟人談話並投入生活。

獨裁者——會施行許多規章制度，讓隱士不是必須為自己挺身而出，就是得放棄自己孤立的生活風格，來遵從另一個人的統治。

天真少女——可以教導他如何去愛，以及如何像孩子一樣樂天和純真。她的冒險天性能翻轉他的整個人生。

受輕視的女人——深受過往關係的傷害，會表現出比他更嚴重的反社會行為。他可能會在她身上看見自己的影子，因而決定改變自己的行事風格。

▽隱士的條件

- 大多數時候偏好獨處。
- 渴望有下一個計畫或構想可以占據他的時間。
- 很容易就能適應僧侶的生活。
- 擁有豐富的內在生活。
- 對超自然力量很敏感。
- 可能會渴望有個小家庭。
- 能夠進行哲學思考、極度聰明。
- 會是個非常忠誠的伴侶。
- 既然永遠都待在同一個地方，所以需要他時是可以倚靠的人。

- 不玩大家玩的遊戲，也不會涉入他們的鬧劇。
- 非常敏銳。

▽隱士的缺點

- 不善表達，很容易退縮。
- 害怕情緒起伏，貌似毫無感情。
- 與人交談有困難。
- 非常悲觀。
- 容易記仇。

隱士的反派角色：巫師

隱士的反派角色是巫師。他會利用自己對神祕學的知識來傷害別人或環境。他只在意私己的利益，不明白自己的行為會對外在世界造成影響。他耗費許多時間研究深奧的概念，很想實地試驗看看。他的寂寞可能會使他陷入精神分裂，進而因為幻想而出手傷人。

他傾向避開人群和社交場合。他害怕被否決，所以從不向別人展示自己的作品，或是將自己的想法告訴他人。他沒有親近的關係，生性拘謹、不善社交，也不願冒險。

他不懂想獨處有什麼不對。他不想成為社會的一份子，因為人們日日互相殘殺。鬼神是他的同伴。他著迷於鬼神的世界，從它們身上學習。如果想要，他就能施咒讓其他人遠離他。他對神祕學和所有反社會體制的事情很熱衷。其他人因為害怕他而不打擾他，他反而會覺得高興。

▽巫師的特質

- 反社會。
- 追求私己的利益。
- 不在乎自己的行為如何影響世界。
- 可能會拿神祕學來實驗以獲取力量。
- 害怕遭到否決。
- 沒有親密的關係。
- 必須宰制另一個人，才能感受或表達真正的愛意。
- 認為社會是個笑話，自己無須遵照規則生活。
- 想要掌控。
- 喜歡威嚇別人。

▼黑帝斯，現身！

電視影集中的隱士／巫師

◎《魔法奇兵》（*Buffy the Vampire Slayer*）的暗黑天使（Angel，大衛．波利安納茲飾演）
◎《X檔案》（*The X-Files*）的穆德（Fox Mulder，大衛．杜考夫尼飾演）

電影中的隱士／巫師

◎《北非諜影》（*Casablanca*）的瑞克（Rick Blaine，亨佛萊．鮑嘉飾演）
◎《綁票通緝令》（*Conspiracy Theory*）的傑瑞．佛萊契（Jerry Fletcher，梅爾．吉勃遜飾演）
◎《養子不教誰之過》（*Rebel Without a Cause*）的吉姆．史塔克（Jim Stark，詹姆斯．迪恩飾演）
◎《臥虎藏龍》（*Crouching Tiger, Hidden Dragon*）的羅小虎（張震飾演）
◎《百萬金臂》（*Bull Durham*）的克萊許．戴維斯（Crash Davis，凱文．科斯納飾演）

文學和歷史中的隱士／巫師

◎《美女與野獸》（*Beauty and the Beast*）的野獸
◎拓荒者布恩（Daniel Boone）

◎《歌劇魅影》歌劇（*Phantom of the Opera*）的魅影（The Phantom）

◎莎士比亞劇作《哈姆雷特》（*Hamlet*）的哈姆雷特

◎艾蜜莉・勃朗特（Emily Brontë）著作《咆哮山莊》（*Wuthering Heights*）的希斯克里夫（Heathcliff）

◎夏綠蒂・勃朗特（Charlotte Brontë）著作《簡愛》（*Jane Eyre*）的羅徹斯特（Rochester）

◎沙林傑（J.D. Salinger）著作《麥田捕手》（*The Catcher in the Rye*）的侯登（Holden Caulfield）

◎湯瑪斯・哈里斯（Thomas Harris）著作《沉默的羔羊》（*The Silence of the Lambs*）的漢尼拔（Dr. Hannibal Lecter）

◎E・M・佛斯特（E.M. Forster）著作《窗外有藍天》（*A Room With a View*）的喬治（George Emerson）

◎瑪麗・雪萊（Mary Shelley）著作《科學怪人》（*Frankenstein*）的維多・法蘭克斯坦（Victor Frankenstein）

◎約瑟夫・康拉德（Joseph Conrad）著作《黑暗之心》（*Heart of Darkness*）的克如智（Kurtz）

◎維克多・雨果（Victor Hugo）著作《鐘樓怪人》（*The Hunchback of Notre Dame*）的加西莫多（Quasimodo）

◎約翰・厄普代克（John Updike）著作《東村女巫》（*The Witches of Eastwick*）的達若・范洪恩（Daryl Van Horne）

◎愛德格・愛倫・坡（Edgar Allan Poe）短篇小說〈亞舍家的傾頹〉（*The Fall of the House of Usher*）的羅德里克・亞舍（Roderick Usher）

◎瑞蒙・錢德勒（Raymond Chandler）筆下的菲力浦・馬羅（Philip Marlowe）

◎拜倫式英雄（Byronic hero）

◎羅伯特・史蒂文生（Robert Louis Stevenson）著作《化身博士》（*The Strange Case of Dr. Jekyll and Mr. Hyde*）的傑奇博士（Dr. Jekyll）暨海德先生（Mr. Hyde）

CHAPTER 14

荷米斯

衍伸原型＃ 愚者 vs. 浪人

Hermes: The Fool and the Derelict

荷米斯悠悠哉哉、無憂無慮地度過人生。他存在於成人世界和孩童世界之間。對他來說，人生單純、輕鬆又奇妙。他四處遊蕩，尋覓新玩伴——不論是人、狗、遊戲，他都無所謂。他的內心充滿愛與歡笑。他是神祇當中玩心最重的一個，經常擔任人類和神祇之間的使者，因為他喜歡冒險和旅遊。

愚者

愚者的內心依然是個小男孩。他不願長大，也不覺得自己比別人遜色。他認為別人看不清他們自己那種無聊又淺薄的存在。人們經常在下班後圍繞在他身邊，因為他們知道，他會帶他們去參加可以好好放鬆的派對。

他喜歡到處玩耍，行徑往往不合乎年齡。他認為壓力極大的商人根本是瘋子。他相信人生應該充滿樂趣，而他決心要盡情享受。他覺得自己不必有華麗的大房子住，車道上不必有昂貴的名車，也能過得開心。

他迴避承諾和情感的糾纏。他人生中的女性如果想留在他身邊，就必須尊重這一點。

他喜歡扮演中間人，在眾多的社交圈裡周旋。他不在意自己做的事情是否合法。他不重視自己行為的後果，因為他向來是個活在當下的自由靈魂。

他不至於去傷害別人，但那是他唯一的道德守則。他什麼事都會嘗試一次，越多人在場見證他的行動越好。他會是個優秀的業務員或演員，因為他喜歡受人關注，不想受到朝九晚五工作的束縛。他內心是個浪人，走到哪裡，朋友就交到哪裡。

▽愚者在乎什麼？

- 愚者在乎自由，他喜歡隨心所欲、來去自如，經常一口氣消失好幾天或幾星期。他總是在尋找下一場歷險。新鮮的經驗很吸引他。

- 他享受生活中各個領域的挑戰，不怕獨處。
- 他在乎維持活力、無憂無慮地生活，不論自己年紀多大。
- 他在乎孩子，為了拯救他們，甘冒生命危險，因為他認同他們的純真。

▽愚者害怕什麼？

- 愚者害怕失去自由，被困在床上或獄中動彈不得，對他來說等於世界末日，他願意不計一切避免這種事，寧可賠上性命也要逃離。
- 他害怕無聊，即使手上只有一條橡皮筋，他也會想辦法自娛。他會是搶先慫恿朋友一起蹺課出去玩的人。
- 他喜歡冒險。從帝國大廈往下滑翔飛行，就是他所謂的樂趣。他那種青春洋溢的態度，讓他覺得自己所向無敵，他沉溺於讓腎上腺素飆升的事。
- 他永遠不做承諾，尤其是讓他無法輕易脫身的那種。
- 他喜歡幫助孩子，害怕孩子惹上麻煩時自己救不了他們。不管幾歲，他始終是個孩子。他能夠理解孩子，也能理解孩子遊戲、創造和探尋的能力。

▽愚者的動力是什麼？

- 他最大的動力就是對求知與理解的需求。他一直保持著腦袋和身體的運轉。他的好奇心驅策他持續探險，也為他的生活提供變化和調劑。

▽其他角色怎麼看待愚者？

- 其他人不是覺得他很難捉摸、魅力十足，就是覺得他幼稚輕浮。他的精力似乎源源不絕，散發的熱力往往會把其他人逼瘋，因為他時時會冒出新點子。沒人記得他最新的計畫是什麼，因為隨時都有變化。
- 不論年紀如何，他的穿著往往很休閒，不然就是順應青少年最新的潮流。
- 他的想像力似乎永遠都在運轉。當周遭的人深入嚴肅的話題時，他往往會露出一種心思不知飄到哪裡去的神情。

▽發展人物弧線

先看看你的角色在故事裡的主要目標，再看要用哪些令他恐懼的事物來試煉他。他需要學會什麼才能克服恐懼？他需要找份工作來養某個親人嗎？他需要應付不治之症嗎？他是不是被徵召入伍了？他是否被扣上莫須有的罪名？

愚者通常需要學習對自己的言行設下限制。他沒意識到自己可能造成別人多大的痛苦。如果他想跟人建立任何關係，尤其是跟他的家人，他必須考慮到別人的感受。他也必須學習怎麼照顧自己，為自己的行為承擔責任。他必須學會尊重國王的權威，不然就要承受苦果。

早年發生過什麼事，使這種原型主導他的個性？他的父母是否時時在爭吵，而他試著耍寶搞笑，好讓氣氛輕鬆起來？他是班上的開心果而得到讚美，還是沒人要的浪人？他的父親是否老是大吼大叫，而他必須學會靠耍嘴皮子來開脫？他的父母很愛探險嗎？

為了有所成長，這個原型最適合和以下的原型搭檔：

商人——可以教導愚者負起責任、像個成人一樣照顧自己。

施虐者——這樣的父親會逼迫愚者成長、照顧自己，好讓他早早離家自立，再也不能玩樂度日。

女族長——可以教導他何謂家庭和承諾。他會學習到，完全無根就等於徹底孤獨。

毀滅者——可以改變他的人生，讓他明白自己身為成人的同時，依然能夠享受樂趣。

▽愚者的條件

- 喜歡惡作劇。
- 隨和、好相處。
- 愛冒險、有好奇心。
- 可以獨自去歷險。
- 迷人、愛玩。

- 想像力豐富、點子很多。
- 行為與裝扮低於實際年齡。
- 討厭提前計畫，非常隨興。
- 會是個稱職的朋友，相處的時候會把焦點完全放在你身上。
- 喜愛孩子，因為他自己就充滿青春活力。

▽愚者的缺點

- 衝動魯莽，沒有節制。
- 害怕承諾。
- 會突然消失很長一段時間。
- 因為覺得自己所向無敵，會冒極大的風險。
- 既承擔不了責任，也無法應付傳統的工作。

愚者的反派角色：浪人

愚者的反派角色是浪人。他常和騙子為伍，在市區街頭騙錢。他很迷人，魅力十足，吸引人們掉入他的遊戲。他跟他們攀談的時候，笑容讓他看起來很可靠。

他什麼都做過頭，為父母和家人帶來悲慘和恥辱。他不考慮自己行為的後果，有可能會因為自己的行動而被逮捕。每個家長都害怕半夜接到電話，但是這對他的家長來說是家常便飯。如果他父母社經地位良好，這會是個大問題，他們可能會跟他斷絕關係，而這可能只會給他更多理由，覺得自己被輕蔑和遺棄，為了爭取關注開始做出更多不當的行為。

他有一種不負責任的行為模式，缺乏道德和倫理。他很自我中心，「除了我，誰也不重要」是他的信條。他覺得自己很特別，不受法律約束，覺得自己有權和他眼中突出又特別的人來往。他有時很傲慢，對他人缺乏同理心。

他不明白自己為何應該聽長輩的話，他覺得他們無權指使他。他只把父親當成有錢的捐精者。他想要獨立自主。他認為：「就因為他們的人生很無趣，不代表我的人生也要這樣。我要享樂，我的規則我自己訂。」

▽浪人的特質

- 像個專業的騙子，想騙得不義之財。
- 厭惡長輩，將父親當作搖錢樹。
- 不在乎其他人的感受。
- 讓家人丟臉。
- 自我中心。
- 沒責任感，缺乏倫理。

- 覺得自外於法律。
- 缺乏同理心。
- 態度傲慢、咄咄逼人。
- 很容易成癮。
- 指望別人帶他脫離危機。
- 事情變得棘手就會逃之夭夭。

▼荷米斯，現身！

電視影集中的愚者／浪人

◎《六人行》（*Friends*）的喬伊（Joey Tribbiani，麥特・勒布朗飾演）

◎《夢幻島》（*Gilligan's Island*）的吉利根（Gilligan，鮑勃・丹佛飾演）

◎《歡樂單身派對》（*Seinfeld*）的科斯莫・卡拉瑪（Cosmo Kramer，邁克・理查茲飾演）

◎《魔法奇兵》（*Buffy the Vampire Slayer*）的山德（Xander Harris，尼可拉斯・布蘭登飾演）

◎《歡樂時光》（*Happy Days*）的華倫（Warren "Potsie" Weber，安森・威廉斯飾演）和拉夫（Ralph Malph，唐・莫斯特飾演）

電影中的愚者／浪人

◎《保送入學》（*Risky Business*）的喬（Joel Goodson，湯姆・克魯斯飾演）
◎《MIB 星際戰警》（*Men in Black*）的傑（Jay，威爾・史密斯飾演）
◎《王牌大賤諜》（*Austin Powers: International Man of Mystery*）的奧斯汀・鮑爾（Austin Danger Powers，麥克邁爾斯飾演）
◎《西域威龍》的王沖（成龍飾演）
◎《叔叔當家》（*Uncle Buck*）的巴克叔叔（Buck Russell，約翰・坎迪飾演）

文學和歷史中的愚者／浪人

◎喬愛爾・錢德勒・哈里斯（Joel Chandler Harris）著作《雷姆叔叔講故事》（*The Complete Tales of Uncle Remus*）的雷姆叔叔
◎塞萬提斯（Miguel De Cervantes）著作《唐吉訶德》（*Don Quixote of La Mancha*）的唐吉訶德
◎詹姆斯・巴利（James Barrie）著作《彼得潘》（*Peter Pan*）的彼得潘
◎莎士比亞劇作《仲夏夜之夢》（*A Midsummer Night's Dream*）的小精靈帕克（Puck）
◎馬克・吐溫（Mark Twain）著作《頑童流浪記》（*The Adventures of Huckleberry Finn*）的湯姆
◎莎士比亞劇作《李爾王》（*King Lear*）的弄人（The Fool）

CHAPTER

15

戴奧尼索斯

衍伸原型# 女性之友 vs. 誘惑者

Dionysus: The Woman's Man and the Seducer

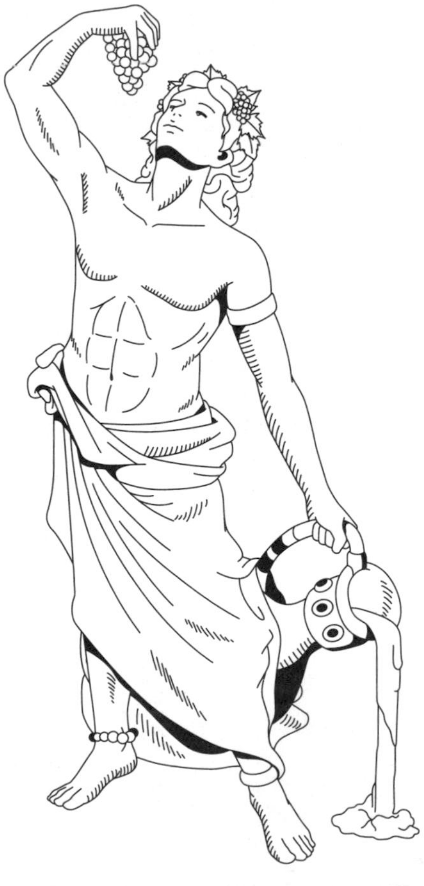

滿月之下，戴奧尼索斯與來自鎮上的那些女人共舞。身為在場唯一的男性，他帶著自己的女性特質加入她們的行列，成為在場所有女性的焦點。他替她們斟酒，令她們迷醉，讓她們放鬆。在他身邊，連年長安靜的女性都發現自己不禁開心起來，拋開嚴厲的自我形象，展現更正向和有趣的面貌。他激發了她們身上最好的一面，他們一同體驗狂喜瘋樂的時刻。

女性之友

女性之友是真心喜愛女性的男人。她們讓他為之著迷。他不見得很女性化，有可能非常陽剛。他喜歡關於女人的一切，平等看待她們，甚至視她們優於自己。他崇拜女人，比起男人，他與她們的友情更為深厚。他永遠不會跟男人稱兄道弟，對老男孩的圈子一點也不感興趣。

女人喜愛他，他自由的靈魂是一種鼓舞。他鼓勵女人要堅韌、強悍、性感。許多女人因為他的友誼而永遠改變，經常因為他賦予的力量而能夠擺脫惡劣的關係。他是女人最好的朋友。他讓女人搖身成為自尊更高、更堅強的人。所有女人在他眼中都是美麗的，他也經常這樣告訴她們。在這一切之下，可能隱藏著他找到理想女性的需求，那個女性對他來說可以既是妻子又是母親，但這是不可能實現的。最終他會繼續往前走，無法專一在任何女人身上。大多數女人終究會意識到，他只是發掘她們內在力量的催化劑，而她們不需要他就可以覺得自己很完整。

他理解女性，她們喜歡照顧他。他經常能夠感應到超自然的事物，喜歡悠遊在不同的次元和超常意識狀態（altered states）裡。

▽女性之友在乎什麼？

- 女性之友喜歡狂喜入迷、享樂、性和愛。所有享樂活動都是他的儀式。他會主動接近同一空間裡的安靜女性，讓她放鬆下來。
- 他喜歡作夢，但無法全心追求一個目標。他渴望「擁有夢想」這種體驗，它能帶給他自己有個目標的感覺，因為這個世界認為男人都該追求目標。他因為與眾不同而經常被其他男人欺負。

- 他非常關心自己的女性朋友，無法忍受看到其他男人傷害女人。
- 他努力成為反主流文化的一部分，過著搖滾明星般的生活。他可以是個很棒的薩滿（Shaman），因為他喜歡在異世界的疆域和次元裡工作。

▽女性之友害怕什麼？

- 女性之友害怕因為不夠陽剛而受到社會迫害。任何工作，不論是整天待在辦公室或在戶外工作，對他都會是折磨。他無法遵循任何類別的規章或制度。教授那些深奧的概念或哲學，有可能是適合他的少數幾個工作之一。
- 失去女性友誼會讓他備受打擊。他的生活中需要有女性。
- 「體驗」對他來說勝過一切。只要還能夠自由來去，即使下半輩子都必須坐輪椅，他也不會在意。
- 他害怕有人識破他的夢想其實是永遠不會實現的幻想。他對權力和金錢並不熱衷，但無法忍受那些熱衷此道的男人批評他的價值觀。

▽女性之友的動力是什麼？

- 他最大的動力是愛與歸屬感。他生命中最重要的事，就是被女人所愛、被女人需要。他跟女人在一起的時候，覺得心靈相契。他可以同時給很多女人無條件的愛，不論跟她們有沒有性關係。
- 他對深奧概念的熱情也可以點燃他的欲望。
- 豪賭或是中樂透的念頭，是他所能想像最不可思議的事。它能為他帶來做自己的自由，讓他無須擔心接下來要睡哪裡。如果他手頭有錢，其他男人就不會瞧不起他，而會羨慕他。

▽其他角色怎麼看待女性之友？

- 其他人會把他當成愛作夢的人或嬉皮，某種處於社會邊緣的人。
- 他有時會相當情緒化，前一刻歡笑、下一刻哭泣，可是大多數女人會因為他的這種表現而認為他很感性。
- 他什麼服裝都能穿，不論是二手店的衣服或名牌亞曼尼。他的身材不見得性感，但他的本質和敏感會很吸引女人。
- 他非常重視感官、好色，經常可以看穿女人內心的痛苦和欲望。
- 他非常健談。

▽發展人物弧線

先看看你的角色在故事裡的主要目標，再看要用哪些令他恐懼的事物來試煉他。他需要學會什麼才能克服恐懼？他需要結交男性友人或找到男性導師嗎？他需要拿錢資助母親嗎？他有沒有賭博或酗酒的問題，迫使他不得不停止尋歡作樂？他需要保護某個女人免於受傷害嗎？他是否試圖找到理想中身兼妻子與母親的完美女性？

女性之友通常需要學習怎麼和男性交朋友。他需要有男性榜樣，這樣他就能有所成長，並看出身為男性的價值。唯有如此，他才能完全忠於一個女性。在很多例子裡，這個男人在幼年失去母親，總是在尋找一個可以遞補母親位置的女性，而這幾乎是不可能的事。

他不能繼續逃避人生的責任。對他來說，每天都是一場歡樂派對，但他這種生活風格終究會崩塌瓦解。

早年發生過什麼事，使這種原型主導他的個性？他是否年少喪母？他身邊有很多善良又有愛心的護士和女老師嗎？父親是否對他很壞，或老是忙於工作而缺席？他是否很害羞，女生都對他有好感？他是否肢體不協調，無法跟其他男孩一起運動，無法效法他們？

為了有所成長，這個原型最適合和以下的原型搭檔：

商人——可以教導他成為男子團體的一員，提供他可學習的男性榜樣。

獨裁者——可以迫使他為自己的人生負責，或可以讓他挺身維護自己、奮戰到底。

養育者——可以照顧他，等他終於準備好許下承諾。她是他的可靠支柱。

蛇蠍美人——可以愛他後又離開他，跟他對其他女性的作為如出一轍。他可能會愛上她的獨立和性感，然後嘗到被拋棄的滋味。

▽女性之友的條件

- 為了自由與夢想，迴避金錢和權力。
- 喜愛所有的女性，不論她們的外貌如何。
- 殷勤有禮、溫柔。
- 孩提時代和母親很親近，雖然她可能在他年幼時就過世了。
- 喜歡體驗生活中的新事物。
- 好色、重感官。
- 其他男人因為他自由的生活風格而輕視他。
- 能感應到超自然現象，或是對超自然現象很熱衷。
- 反應機智、能言善道。
- 樂於助人，隨時準備要給人建議。

▽女性之友的缺點

- 需要待在女性身邊。

- 難以維繫男性友誼。
- 對女性和事業目標難以專一。
- 尋找可以身兼妻子與母親的理想女性，但無法實現。
- 不負責任、輕浮。
- 可能胸無大志、缺乏動力。

女性之友的反派角色：誘惑者

如果女性女之友被一個女性傷害或背叛，可能會變成誘惑者。身為誘惑者，他會把女性從原本一段或好或壞的關係裡勾引出來，讓她們的生活大亂，等到他最終拋棄她們，再由她們自己收拾殘局。

他有一種情緒起伏過度、渴求關注的行為模式。他對問題的容忍度很低，表情雖然堅忍克制、難以讀透，但背後的情緒變化不定。他像是顆不定時炸彈，誰也不知道他何時會爆炸。他對批評極度敏感，過度在意自己的外表。

他可能會成為跟蹤狂，對拒絕他好意的女性執迷不已。他的夢想會變成對她的幻想，將自己受過的傷害加在她身上。

他認為自己對女性展現強烈的愛意。他覺得他待她們極好，而她們對他有所虧欠。他為她們做盡一切，為她們甘冒一切風險；要是她們想離開他，他絕對不會容許這樣的對待。他覺得「沒有男人可以像我這樣，對她們有求必應」。

▽誘惑者的特質

- 如果被拒絕，可能會變成跟蹤狂。
- 喜歡和女性玩心理戰，追求時熱情如火，甩人時冰冷無情。
- 喜歡當那個先提出分手的人。
- 經常在女人似乎最愛他的時候，斷然結束關係。
- 不只同時跟幾位女性來往，還經常跟朋友和姊妹消磨時間，為這些女性的生活帶來更多混亂。
- 覺得自己應該獲得受他幫助的女性關注。
- 當女人拒絕他的時候，他會認為她是蓄意傷害他——他會讓她明白他才是老大。
- 是顆不定時炸彈，等到大家知道時已經太遲。
- 極度敏感，無法應付被人拒絕的情況。
- 他的表情堅忍克制，不會洩露怒氣，讓別人無法預警。
- 經常把執迷誤當成愛。

▼戴奧尼索斯，現身！

電視影集中的女性之友／誘惑者

◎《歡樂酒店》（*Cheers*）的山姆．馬龍（Sam Malone，泰德．丹森飾演）
◎《歡樂滿屋》（*Full House*）的傑斯（Jesse Katsopolis，約翰．史坦摩斯飾演）
◎《威爾與格蕾絲》（*Will & Grace*）的威爾（Will Truman，艾瑞克．麥柯馬克飾演）
◎《六人行》（*Friends*）的錢德勒（Chandler Bing，馬修．派瑞飾演）

電視影集中的女性之友／誘惑者

◎《男人百分百》（*What Women Want*）的尼克．馬歇爾（Nick Marshall，梅爾．吉勃遜飾演）
◎《婚禮歌手》（*The Wedding Singer*）的羅比．哈特（Robbie Hart，亞當．山德勒飾演）
◎《當哈利遇上莎莉》（*When Harry Met Sally*）的哈利（Harry Burns，比利．克里斯多飾演）
◎《哈拉瑪莉》（*There's Something About Mary*）的泰德（Ted Stroehmann，班．史提勒飾演）
◎《熱舞十七》（*Dirty Dancing*）的強尼（Johnny Castle，派屈克．史威茲飾演）
◎《史蒂夫的哲學》（*The Tao of Steve*）的戴克斯（Dex，唐納．羅格飾演）
◎《金玉盟》（*An Affair to Remember*）的尼基（Nickie Ferrante，卡萊．葛倫飾演）
◎《蹺課天才》（*Ferris Bueller's Day Off*）的菲利斯（Ferris Bueller，馬修．布羅德里克飾演）
◎《北西北》（*North by Northwest*）的羅傑（Roger Thornhill，卡萊．葛倫飾演）
◎《莎翁情史》（*Shakespeare in Love*）的莎士比亞（Will Shakespeare，喬瑟夫．范恩斯飾演）

◎《鐵達尼號》（*Titanic*）的傑克（Jack Dawson，李奧納多・狄卡皮歐飾演）

文學和歷史中的女性之友／誘惑者

◎托爾斯泰（Leo Tolstoy）著作《安娜・卡列尼娜》（*Anna Karenina*）的伏倫斯基（Count Vronsky）

◎布蘭姆・史托克（Bram Stoker）著作《卓九勒伯爵》（*Dracula*）卓九勒伯爵（Count Dracula）

◎克莉絲汀・菲翰（Christine Feehan）著作《黑暗王子》（*Dark Prince*）的米凱爾（Mikhail）

◎沃利・蘭姆（Wally Lamb）著作《他是我兄弟》（*I Know This Much Is True*）的李歐（Leo）

◎馮內果（Kurt Vonnegut）短篇集《歡迎到猴子籠來》（*Welcome to the Monkey House*）的比利（Billy the Poet）

◎珍・奧斯汀（Jane Austen）著作《理性與感性》（*Sense and Sensibility*）的約翰・韋勒比（John Willoughby）

◎湯馬斯・哈代（Thomas Hardy）著作《黛絲姑娘》（*Tess of the d'Urbervilles*）的亞雷克（Alec d'Urberville）

◎大仲馬（Alexander Dumas）著作《三劍客》（*The Three Musketeers*）的波爾多斯（Porthos）

CHAPTER

16

歐西里斯

衍伸原型# 男救世主 vs. 懲罰者

Osiris: The Male Messiah and the Punisher

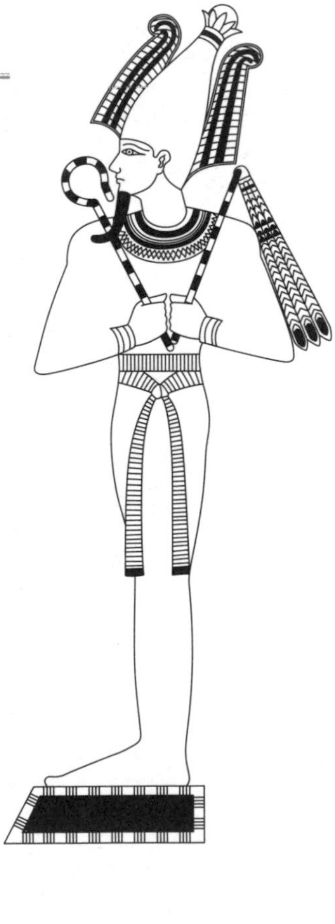

籠罩於聖光中的歐西里斯，行走於大地之上，不論走到哪裡，都帶來轉變與智慧。他會照亮自己所接觸的一切。他是神聖的孩子和神聖的伴侶，他慘遭自己的兄弟殺害，繼而仰賴姊妹伊希斯的力量復活。他熱愛人類，每年都犧牲自我，冬天將自己的軀體獻給大地，隔年春天再次重生。他代表了生與死。

男救世主

救世主是雌雄同體的原型。這種原型的男女版本幾乎完全相同，只除了男救世主宣揚並指出通往愛和啟蒙的道路，而女救世主本身就是通往愛和啟蒙的道路。

男救世主原型中也可能包含其他原型，這能夠幫助他實現這一生的目標。比方說電影《英雄本色》（*Braveheart*）裡的威廉・華勒士（梅爾・吉勃遜飾演）就是他族人的拯救者，他體現了阿瑞斯／保護者的原型，投入戰事並實現追求自由的目標。

另外，男救世主也許不知道自己和神性之間的連結，但可能會受到驅策而完成重要的使命。就這方面來說，他並非致力於精神性的目標。他的一生看來都只為了一個目標而奮鬥，而那個目標會影響千千萬萬的人生。

想想電影《驚爆內幕》裡的傑弗瑞・華肯（羅素・克洛飾演），他放棄了自己的妻子、孩子和事業，就為了和大菸草公司纏鬥。起初他可能有些猶豫，但不久就明白這是他人生在世的理由。他挺身而出、改變眾人的生活，找到自己的人生目標。

男救世主能看出問題的全貌。他從不急著下結論，也不會捲入日常生活的八卦或風波。他尊重所有的宗教和信仰體系。他慷慨奉獻自己，因為他知道自己付出多少就會得到三倍的回饋。

男救世主因為性別，更能以靈性權威人物的身分受到眾人接納。他有機會和能力公開並實踐自己的觀點。但是身為男性，如果他的訊息是關於愛和惻隱之心的女性特質，可能會遭人輕視。

▽男救世主在乎什麼？

- 生為男人，男救世主可能對於世上的不平等沒有切身的體認，但如果他屬於少數族群，很快就會學到教訓，並矢志在眾人之間創造和諧——想想黑人民權運動領袖麥爾坎X（Malcolm X）。
- 他在乎自己，也在乎別人。對他而言，每個生物都是神性的展現。
- 他希望其他人都能看出他們自身的神聖本性，他想要教導其他人如何變得跟他一樣。
- 比起治癒身體，他更重視療癒靈魂。即使他可能有療癒的天賦，但如果別人需要從切身經驗裡有所學習，他就不會替那個人解除痛苦。
- 他也許不理解自己的神性連結，但他天生有種強烈本能想要追求一個目標，而且願意為此犧牲自己。

▽男救世主害怕什麼？

- 男救世主害怕大家會因為邪門歪道的人，或是因為渴望追求感官的愉悅，或渴望用乏味的活動來麻木感官，而步入歧途。
- 他害怕別人不把他當成一回事，害怕他傳達的訊息會被輕看。
- 他害怕自己的時間不足以完成使命，或者不得不眼睜睜看別人受苦。

▽男救世主的動力是什麼？

- 跟一種超越他的更大力量有所連結，這樣的感性需求給了他動力；付出與獲得無條件的愛，這樣的追求也能給他動力。
- 他必須和內心的魔鬼纏鬥，才能維持他和神性之間的聯繫。他必須面對誘惑並堅守信念。
- 他的目標感如此強烈，除了達成目標之外，其他事情都顧不了。

▽其他角色怎麼看待男救世主？

- 其他人要不是覺得他好，就是覺得他壞，沒有介於中間的評價。可能會有人指控他創立邪教。
- 很多人覺得他很理想主義、瘋狂、耍威風，或是有神性、睿智、樂於付出。
- 很多人嫉妒他與神性之間的連結，尤其是神職人員，而他們覺得自己才有資格擁有這種連結。想想耶穌，以及耶穌與上帝之間的連結。這種連結最後導致他被自己的族人釘上十字架。

▽發展人物弧線

男救世主不見得會在人物弧線裡有所改變。反之，他會透過恐懼變得更堅強。

先看看你的角色在故事裡的主要目標，再看要用哪些令他恐懼的事物來試煉他。他需要學會什麼才能克服恐懼？他需要學習在憤怒的群眾中保持沉著嗎？他需要面對揶揄嗎？他需要犧牲自我意識（sense of self）來找到上帝嗎？很多時候，男救世主都需要學習將事件的結局拋在腦後，信任引導他的神靈。他必須堅守自己的信念，全然相信自己，不論結局如何。

他必須面對指控他的人和他自己的疑慮。他必須昂然自信地面對逆境和攻擊。為了長久的生存，他必須徹底相信自己。他的目標和觀點在他的人生中何時、為何變得鮮明？他的父母熱衷於追求靈性嗎？他小時候就積極參與宗教信仰嗎？他曾經在學校裡替受到不公平對待的孩子挺身說話嗎？

這個原型最可能幫助其他角色成長，而不是自己成長：

他可能會在**神祕客**身上找到陪伴。

他可能和**愚者**一同歡笑。

商人對他來說可能是個大挑戰。

巫師可能是他的勁敵。

▽男救世主的條件

- 質疑權威。
- 嚴守紀律。
- 對自我有健全的意識。
- 不論代價如何，為自己的信念挺身而出。
- 強大的精神信念體系會讓他挺過艱困的時期。
- 願意為了眾人的福祉犧牲自我。
- 拋棄物質財產。
- 內在力量永不枯竭。

▽男救世主的缺點

- 需要學習世上的不平等。
- 固執己見。
- 即使真相是殘酷的，依然讓大家知道真相。
- 為了讓大家成長，會敦促大家挑戰極限。

男救世主的反派角色：懲罰者

男救世主之所以成為反派角色懲罰者，不是因為追求私己的利益和欲望。他是為了守護所有人的最高利益，因此成了反派。身為懲罰者，他會詛咒「墮落」的人，就為了給對方一個教訓。他想要擊潰那個人的自我。為了將對方轉化成自己設定的形象，他會毀滅對方的靈魂。

他可能會試圖對別人解釋自己的行為，可是他們永遠無法全然理解他的力量或他背負的重擔。他們認為他的責罵嚴酷無情。許多人因為無法順應他的規則和對待，會離開他身邊。對多數人來說，一天冥想六個鐘頭似乎嚴苛又愚蠢；但對懲罰者來說，這是進步的必要步驟。他覺得自己說的話就是鐵律。

▽懲罰者的特質

- 嚴厲批評他的追隨者。
- 會為了給某人教訓而詛咒對方。
- 想要擊潰他人的自我和靈魂。
- 覺得自己說的話就是鐵律。
- 不會試著撫慰別人或厚此薄彼。
- 認為改變的陣痛是必要的。
- 迫使他人超越自我的極限。

▼歐西里斯，現身！

電視影集中的男救世主／懲罰者

◎《天堂之路》（*Highway to Heaven*）的喬納森・史密斯（Jonathan Smith，麥可・藍登飾演）

◎《甜蜜妙家庭》（*7th Heaven*）的艾瑞克（Eric Camden，史蒂芬・柯林斯飾演）

電影中的男救世主／懲罰者

◎《星際大戰》（*Star War*）的天行者路克（馬克・漢米爾飾演）

◎《驚爆內幕》（*The Insider*）的傑弗・瑞華肯（羅素・克洛飾演）

◎《驚心動魄》（*Unbreakable*）的大衛・杜恩（David Dunn，布魯斯・威利飾演）

◎《駭客任務》（*The Matrix*）的尼歐（Neo，基努・李維飾演）

◎《聖方濟傳》（*Francesco*）的方濟各（Francesco，米基・洛克飾演）

◎《霹靂高手》（*O Brother, Where Art Thou?*）的尤利西斯（Ulysses Everett McGill，喬治・克隆尼飾演）

◎《大國民》（*Citizen Kane*）的查爾斯（Charles Foster Kane，奧森・威爾斯飾演）

文學和歷史中的男救世主／懲罰者

◎尤利西斯
◎甘地
◎羅賓漢
◎大衛王（David）
◎威廉・華勒斯（William Wallace）
◎麥爾坎X（Malcolm X）
◎馬丁・路德・金恩（Martin Luther King）
◎超人
◎約翰・米爾頓（John Milton）史詩《失樂園》（*Paradise Lost*）的耶穌（Jesus）
◎法蘭克・赫伯特（Frank Herbert）著作《沙丘魔堡》的保羅・厄崔迪（Paul Atreides）

CHAPTER

17

波塞頓

衍伸原型# 藝術家 vs. 施虐者

Poseidon: The Artist and the Abuser

在海洋深處，波塞頓永遠都在情緒的水域上設定命運的軌跡，前一刻驚濤駭浪，下一刻風平浪靜。他捉摸不定、危險，同時引人好奇。他的眼中藏著無人碰觸得到的謎團，就在你自以為瞭解他的時候，他卻又改變了。每當你以為自己協助他度過某種情緒，另一種情緒又以更大的強度湧來。他可以慷慨贈予你海洋裡的豐饒物產，卻也可以在你冒險越過他的海域時，一舉奪取你的性命。

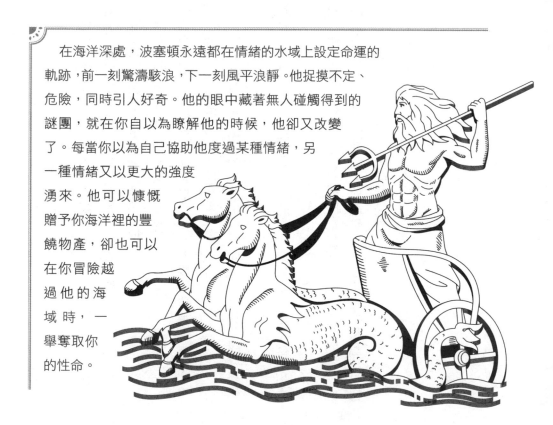

藝術家

藝術家對自己的情緒並不陌生，只是不見得都掌控得了。他可以將感受轉化為創作行動，或是可能讓感受在表面底下醞釀，沒有抒發的管道，最後爆發出來，波及周遭的每個人。他很難融入世界，因為這個世界輕視表達情緒的男人，而這點更加深了他的不安全感和憤怒。憤怒似乎是世界唯一允許他表達的感受，但是他的感受從愛到憤怒不一而足。

女性一開始都會很受他身上的光與熱所吸引，但不久便會意識到他的情緒多麼反覆無常。兩人爭吵過後，他會以同樣的熱度來修補關係，依然能夠贏回她的芳心，因為他充滿了激情。

他並未意識到自己的情緒裡有多少力量。他很隨興、朝氣蓬勃。他可以用簡單的玩具自娛好幾個鐘頭，或是毫不停歇地活動一個換過一個。

如果他可以學會控制自己的情緒免於爆發，有可能成為健康有朝氣的人，並且妥當處理壓力和生活的複雜度。

如果他受自己情緒的左右，就會覺得難以融入周遭的世界，成為隨時都可能爆炸的不定時炸彈。

他表面上看來可能很平靜，但強大的創造力正在內心深處湧動。他總是急於表達自我和想法。他很熱情，創造力向來很個人化。如果他創造了什麼，對他來說一定深具意義。

他非常仰賴直覺，喜歡在大自然裡活動。他兒時可能就喜歡看太陽來判斷時間。

▽藝術家在乎什麼？

- 藝術家在乎釋放自己的情緒。他認為自己是宇宙的中心，誰在他身邊或是這些人目前經歷了什麼，對他而言都不重要。他自己的情緒排在第一位。
- 他在意別人怎麼看他和他對創作的付出。否定他就像是死亡。只要某個人不喜歡他，他可能會不惜動手摧毀自己的藝術創作。
- 他希望跟身邊那些更聰明的人平起平坐，可是他對商務層面並不在行，必須仰賴他們來拓展自己的事業。他會去取悅老闆或經紀人，可能會等到回家以後才發洩真正的感受。
- 他希望在別人面前表現出強大、情勢在握的模樣。他喜歡發怒，因為他認為這樣能給他權力、讓他顯得英勇無畏。他將怒氣當成保護盾牌，而他需要這面盾牌來防禦自己。如果沒有怒氣作為燃料，他不知道該如何跟他人應對。
- 他可以埋頭在創造性的計畫裡，孜孜不倦好幾年。他生來就是個創造者。

▽藝術家害怕什麼？

- 藝術家害怕大家認為他比不上那些符合社會期待、隱藏情緒的男人。他想成為自己城堡的國王，卻缺乏國王的權威。
- 他害怕自己。他不想成為暴君，卻無力控制自己的情緒、任其爆發。他很怕傷害自己所愛的人，也很怕有人會傷害他所愛的人，這會釋放出他內心那個復仇心切的怪物。

- 由於不擅長經商，他害怕錯過可以讓他事業起飛的大型交易。他總是在暗地觀察，想確定沒人會拿他的成果去邀功。
- 他也害怕創作瓶頸。家庭問題或商務問題可能會扼殺他的創作，他可能會因此納悶繆思女神是不是永遠離開他了。

▽藝術家的動力是什麼？

- 他最大的動力是生存。每一次與人相遇，感覺都像對他生存的威脅，彷彿只要有人對他的作品給出一個誤評或意見，就會毀掉他的事業。
- 他總是以極端的眼光來看待一切。他時時覺得自己在為生存而苦戰。如果妻子跟別的男人交談，他就認為妻子打算離開他。這種狀況下，他通常覺得必須證明自己的洞察無誤，但最後往往證明他的想法錯了。
- 不論他是否意識到自己有多愚蠢，他還是不大能夠信任別人。他執迷於復仇。
- 他一心想成為有頭有臉的人。

▽其他角色怎麼看待藝術家？

- 有些人可能會覺得他很神經質、不懂分寸，其他人則可能覺得他熱情而即興、充滿朝氣，跟他相處常會有意料不到的喜悅。
- 他穿著能夠表達自己心情的自在服飾。他通常披頭散髮。他是派對上最有表達力的人，說話會輔以很多手勢。
- 只消一個目光，他就能讓別的男人注意分際。他的眼神勝過千言萬語。

▽發展人物弧線

先看看你的角色在故事裡的主要目標，再看要用哪些令他恐懼的事物來試煉他。他需要學會什麼才能克服恐懼？他需要學習商場的規則嗎？他需要學習怎麼控制對妻子會棄他而去的恐懼嗎？他需要克服創作上的障礙嗎？他需要學習怎麼跟人互動嗎？他需要放棄控制別人嗎？

藝術家經常需要學習跟自己對某種情境的最初感受拉開距離。面對情境的真實面，必須做出符合比例原則的反應，不能跟著想像起舞。

他必須將充沛的情緒當成自己的資產，因為對他的藝術事業會有幫助，也必須趕在被情緒左右之前先認清自己的感受。

早年發生過什麼事，使這種原型主導他的個性？他的父親經常暴跳如雷嗎？老師是否曾經批評他創作的作品？他始終掌握不了數學和邏輯思考嗎？他喜歡在大自然裡悠遊、看太陽來辨別時間嗎？

為了有所成長，這個原型最適合和以下的原型搭檔：

商人——可以教導藝術家怎麼照顧、打理自己的事業與命運。商人可以教他怎麼整頓生活並控制自己的感受。

女性之友——可以讓藝術家知道怎麼展現性感和重視感官，可以教他怎麼愛女人，並且挖掘自己陰性的一面。女性之友可以讓他覺得自己對生活事件反應過度而慚愧。

魅惑繆思——可以教他怎麼感受自己的身體、感受愉悅快樂而不只是痛苦。她在藝術家心中所灌輸的愛，可以讓他願意為她改變。

問題少女——可以把他的世界攪得天翻地覆，在他撒野暴走的時候，轉身棄他而去。她不會讓他有機會情緒虐待她。她會迫使他正視自己的行為。

▽藝術家的條件

- 熱愛創造和改變事物。
- 作風隨興、仰賴直覺。
- 可能成為了不起的創作型藝術家。
- 充滿激情和熱度。
- 熱愛家人和朋友，不管他在他們面前是怎樣的表現。
- 只要傷害他或他家人，他就會想辦法報復。
- 很有生存頭腦，而不是死讀書。

▽藝術家的缺點

- 表達自我時，不會顧慮他人的感受。
- 不大能控制情緒。
- 會侵犯他人的界限。
- 行徑極端。
- 報起仇來，執迷無情。
- 總是把情勢想得比實際上糟糕。
- 自我中心。

藝術家的反派角色：施虐者

藝術家控制不了自己的情緒時，就會變成反覆無常、復仇心切的人。復仇的念頭很強烈，直到覺得心滿意足之前都不會放手，彷彿自己的生存仰賴以牙還牙。

他在家裡會大發雷霆，不顧他人的感受。他失去所有的界限，往往會傷害到自己在乎的人。如果他的性欲很強烈，就可能會強暴女性，不明白對方說「不要」的意思。他並非一開始就有意傷害她，卻困在自己的情緒裡走不出來。他不明白她的感受。他很善於求和，是那種對妻子動粗後會送上鮮花與承諾的典型男人。

他有反社會性格，做事不負責，缺乏道德和倫理。他罔顧法律、行為魯莽，拒絕服從社會規範。他似乎毫無悔意，不考慮行為後果。他在肢體上頗具攻擊性，性情乖僻暴躁，罔顧自己和他人的安全。他認為自己的行為合情合理，因為他覺得自己的基本權利受到侵害。他不在乎別人的想法。他會在別人動手以前，搶先毀了自己。

▽施虐者的特質

- 毆打自己的妻子，再送花致歉。
- 和別人玩心理戰。
- 性情暴躁、難以捉摸。
- 是顆不定時炸彈。
- 罔顧自己和他人的安全。
- 難以掌控自己的情緒，容易大發雷霆、情緒失控。
- 報復心強，會記恨多年。
- 對界限不屑一顧。
- 不明白「不」這個字，因為他總是為所欲為。
- 莽撞、暴怒。

▼波塞頓，現身！

電視影集中的藝術家／施虐者

◎《律師本色》（*The Practice*）的巴比（Bobby Donnell，迪倫．麥狄蒙飾演）

◎《威爾與格蕾絲》（*Will & Grace*）的傑克（Jack McFarland，西恩．海斯飾演）

◎《北國風雲》（*Northern Exposure*）的克里斯（Chris Stevens，約翰．寇貝特飾演）

電影中的藝術家／施虐者

◎《養子不教誰之過》（*Rebel Without a Cause*）的吉姆．史塔克（Jim Stark，詹姆斯．迪恩飾演）

◎《老大靠邊閃》（*Analyze This*）的保羅．維提（Boss Paul Viti，勞勃．狄尼洛飾演）

◎《推媽媽出火車》（*Throw Momma From the Train*）的賴瑞（Larry，比利．克里斯托飾演）

◎《末路狂花》（*Thelma & Louise*）的傑迪（J.D.，布萊德．彼特飾演）

文學和歷史中的藝術家／施虐者

◎文生．梵谷（Vincent Van Gogh）

◎亞瑟王傳奇的崔斯坦（Tristan）

◎湯馬斯・哈代（Thomas Hardy）著作《黛絲姑娘》（*Tess of the d'Urbervilles*）的安傑（Angel Clare）

◎莎士比亞劇作《奧賽羅》（*Othello*）的奧賽羅（Othello）

◎赫曼・梅爾維爾（Herman Melville）著作《白鯨記》（*Moby-Dick*）的魁魁格（Queequeg）

◎田納西・威廉斯（Tennessee Williams）劇作《慾望街車》（*A Streetcar Named Desire*）的史坦利（Stanley Kowalski）

◎費滋傑羅（F. Scott Fitzgerald）著作《大亨小傳》（*The Great Gatsby*）的湯姆（Tom Buchanan）

◎法蘭克・麥考特（Frank McCourt）著作《安琪拉的灰燼》（*Angela's Ashes*）的父親

◎喬治・艾略特（George Eliot）著作《米德鎮的春天》（*Middlemarch*）的威爾（Will Ladislaw）

◎莎士比亞劇作《暴風雨》（*The Tempest*）的普洛斯彼羅（Prospero）

◎鮑里斯・帕斯捷爾奈克（Boris Pasternak）著作《齊瓦哥醫生》（*Doctor Zhivago*）的尤利（Yuri Zhivago）

CHAPTER

18

宙斯

衍伸原型# 國王 vs. 獨裁者

Zeus: The King and the Dictator

在高高的山巔上，宙斯掃視自己的土地和城堡。他俯視四周，確保一切安靜有序。人們不論走到哪裡，都感覺得到他的注視；他離開一個地方之後，力量仍在原地久久不散。他讓天空充滿他的形象，要求大家尊敬他。美麗的女性沒有機會拒絕他，因為他個性強勢、行事鬼祟，在她們面前經常會隱藏真正的自我。他前一刻可以是你的摯友，下一刻就成為你的死敵。只有妻子赫拉才牽制得了他，因為赫拉往往能夠將他的家庭生活變成煉獄。

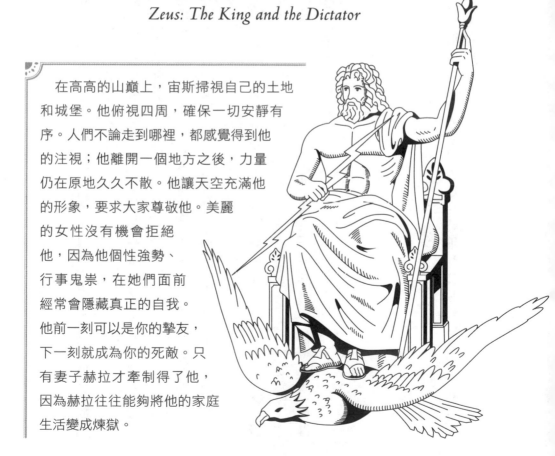

國王

男救世主能看見情勢的全貌，知道每個人如何受他行動的影響，而國王只看得到梗概（忽略細節），看不出自己所做的決定如何在幽微之處影響他人。

他沒有情緒，用癮頭填補內在的空洞，像是咖啡因、工作、酒精和性愛。國王有點像是教父或黑幫老大，生活不知節制。對他來說，任何事情都沒有中間地帶。

他非常強大，可以帶領軍隊贏得勝利，以自己的性格和魅力激勵大家。他是了不起的戰略家，可以理解他人，也對他們有求必應，好贏得他們的支持。他說的話就是鐵律，但也會給別人在他面前保住顏面的機會。

他喜歡英雄救美，不管妻子會怎麼想。既然他沒有情緒和罪惡感，他可以輕易欺騙妻子，之後若無其事回到她身邊。如果他當場被逮，令他更懊惱的是暴露行跡，而不是對妻子不忠，或是對家人造成什麼傷害。他出門在外時，覺得自己享有另一種人生。他會供應自己的家庭所需、保護家人，覺得自己有權享受人生的戰利品。他會是個叱吒風雲的政客。

▽國王在乎什麼？

- 國王想要擁有可以統治的王國。他想要屬於自己的家庭、公司或團隊。
- 必要的時候，他會在別人心中灌輸恐懼，希望因為這種恐懼和自身的權力，受到他人的欽佩和尊重。他希望成為他人看重的勢力。

- 他非常在意那些受他指揮的人，對他們忠誠又慷慨。既然他無法對他們表達情感，他就用金錢和禮物來表示。
- 他也希望自己能夠領先群倫，會跟他的競爭對手決鬥，不計代價，就為了爭取頂尖的頭銜。

▽國王害怕什麼？

- 國王害怕有更強大、更年輕、更迅捷、更聰明的人出現並打倒他。他努力不懈，為了在公司和家庭裡成為頂頭的那個人，為了守住自己的王國而時時保持警戒。在這方面，他很像黑幫老大，而且他也害怕失去優勢。
- 他害怕自己的情緒，因為情緒對他來說如此陌生。他可能會希望妻子替他表達情緒。她哭得越厲害，他越能冷眼看著她並壓抑住自己的淚水。對他來說，情緒是軟弱的表現，對於鞏固王朝毫無助益。

▽國王的動力是什麼？

- 國王最大的動力是自尊和自重。他想要以自身得到認可。他希望單是自己的名字就能在他人心中喚起敬意，會竭盡所能來守護自己的形象。一旦挑戰他或罵他懦夫，他願意放手一搏，往往會超出對方挑戰的範圍。

- 他期待家人和女友也能尊重他。身為慈愛的父親，如果女兒對他做出叛逆的行為，他會備受打擊，通常會跟她徹底斷絕關係。
- 他會為了保住權勢而不計一切。

▽其他角色怎麼看待國王？

- 其他角色要不是將他視為表率而景仰他，就是覺得他妄自尊大。他的控制欲主宰著他的人生，他和衝勁不如他的人合不來。他沒空跟那些不是強大同盟的朋友在鎮上一起消磨夜晚。
- 在別人眼裡，他像個石頭毫無感情。沒什麼事能夠讓他煩憂。處於暴力關係中的女性會來向他求助，他的妻子會覺得自己簡直就像把丈夫外借給這些女性。
- 他的穿著有時可能很時髦，尤其刻意想用裝扮勝過比他更有權勢的人。如果對方的西裝價值一千兩百美元，他就會買一套兩千美元的西裝。
- 他總是表現自信滿滿的樣子，有時甚至顯得傲慢。

▽發展人物弧線

先看看你的角色在故事裡的主要目標，再看要用哪些令他恐懼的事物來試煉他。他需要學會什麼來克服自己的恐懼？他需要學習表達情緒、探尋內心嗎？國王非常像電視影集《黑道家族》裡的黑社會老大，他隱藏自己的感受，結果焦慮過度，要等到他發現並表達自己的痛苦，才能成為稱職的老大。他需要放開控制和支配，讓其他人來領導嗎？他需要面對老化和年輕國王們的競爭嗎？

國王往往需要感覺脆弱才會改變，一定要等到他或他很親近的人經歷慘痛的事件，他自己築起的心牆才可能瓦解。有時候他會真的心臟病發。

早年發生過什麼事，使這種原型主導他的個性？他的父親軟弱或堅強？他的母親是否太強勢，讓他覺得自己男子氣概不足？是否當地的惡霸痛毆了他，直到他起身反擊、差點殺死那個惡棍，讓他因此在學校贏得了權力？

為了有所成長，這個原型最適合和以下的原型搭檔：

藝術家——可以幫助他發掘並表達情緒，讓他看到該如何對愛和創造力敞開胸懷。

背刺者——國王如果失去一個強大的同盟和朋友，他的整個世界都會為之崩垮，而他必須重新評估自己的一生。

亞馬遜女戰士——能讓他看到女人可以是很棒的同盟和朋友。她能教導他，他的陰性面向不見得跟他所想的一樣軟弱。

蛇蠍美人——國王認為自己對女性有完全的掌控權，如果女人占了上風，他就會大受打擊。蛇蠍美人的作風有可能比他更鬼祟，因此也更強大。

▽國王的條件

- 需要家庭、團體或公司來讓他掌理。
- 喜歡參加很多活動，享受遠離家人的時光。
- 善於結盟。
- 用禮物來寵溺朋友和家人。
- 是優秀的謀略家。
- 有時會很忠誠、樂於付出。
- 非常果斷、有自信。
- 是可靠的強人。

▽國王的缺點

- 總是想要控制別人，喜歡支配。
- 覺得自己有權在家庭和婚姻之外擁有獨立的生活。
- 覺得妻子應該扛起家裡所有的日常事務，這樣他就不用費心。
- 喜歡別人怕他。
- 不擅長表達情緒，將情緒視為軟弱的表現。
- 難以開口求救。

• 堅忍克制、性情沉靜。

國王的反派角色：獨裁者

國王的反派角色是獨裁者。他執迷於支配和控制他人。面對下屬時，他想要有更多控制、要求更多臣服，甚至會為了讓大家知道他的權力有多大而懲罰無辜的人。他想要成為半人半神，隨心所欲控制他人的命運和人生。

如果有人挺身反抗他，他會暴跳如雷，讓每個人都跟著遭殃。他會把錯推給挺身反抗他的人，好為自己的行為找臺階下。「每個人都應該懂得別違逆我」是他的信條。

他訂定規則只是為了施展權力，他喜歡看到人們大費周章去遵循他的法條。他不知道自己行為的後果，而且也不在乎。他會告訴大家「如果你們都乖乖地照我的規矩去做，我就不會這麼嚴格」，但其實什麼也滿足不了他。

他也有消極攻擊的傾向。他會告訴家人可以儘管去做他不贊同的事，實際上的表現卻恰恰相反。

他控制著王國裡的一切，就算大家不喜歡也沒辦法。沒有人會離開他的領土，尤其不會帶著笑容離開。就他來說，背叛是最糟糕的一種冒犯，他一定會討回公道。

▽獨裁者的特質

- 執迷於控制和支配他人。
- 有消極攻擊的傾向，會讓別人犯錯，事後再懲罰對方。
- 有可能是個暴君。
- 是嚴苛的正義使者。
- 訂定毫無意義的規則，只為了對別人施展自己的權力。
- 動不動就批評人。
- 經常缺席家庭生活。
- 別人單是聽到他的名字就會害怕。
- 羞辱他人，迫使對方為了求饒而自貶。

▼宙斯，現身！

電視影集中的國王／獨裁者

◎《黑道家族》（*The Sopranos*）的東尼（Tony Soprano, Sr.，詹姆士・甘多費尼飾演）

◎《星際爭霸戰：重返地球》（*Star Trek: Voyager*）的寇克艦長（Captain James T. Kirk，威廉・沙特

納飾演）

◎《歡樂單身派對》（*Seinfeld*）的傑瑞（Jerry Seinfeld，傑瑞・史菲德飾演）

◎《夢幻島》（*Gilligan's Island*）的史基普（Skipper Jonas Grumby，小艾倫・海爾飾演）

◎《我愛露西》（*I Love Lucy*）的里奇（Ricky Ricardo，德西・阿南茲飾演）

◎《北國風雲》（*Northern Exposure*）的莫里斯（Maurice Minnifeld，巴瑞・柯賓飾演）

電影中的國王／獨裁者

◎《教父》（*The Godfather*）的維托・柯里昂（Don Vito Corleone，馬龍・白蘭度飾演）

◎《教父II》（*The Godfather II*）的麥可・柯里昂（Don Michael Corleone，艾爾・帕西諾飾演）

◎《亞當的肋骨》（*Adam's Rib*）的亞當（Adam Bonner，史賓塞・屈賽飾演）

◎《巴頓將軍》（*Patton*）的喬治・巴頓二世（General George S. Patton, Jr.，喬治・史考特飾演）

◎《國王與我》（*The King and I*）的蒙克庫特（King Mongkut of Siam，尤伯・連納飾演）

文學和歷史中的國王／獨裁者

◎亞瑟王

◎凱撒大帝

◎羅伯特・史蒂文生（Robert Louis Stevenson）著作《金銀島》（*Treasure Island*）的海盜西渥弗（Long

John Silver）

◎基德船長（Captain Kidd）

◎赫曼・梅爾維爾（Herman Melville）著作《白鯨記》（*Moby-Dick*）的亞哈船長（Captain Ahab）

◎莎士比亞劇作《李爾王》（*King Lear*）的李爾王

◎田納西・威廉斯（Tennessee Williams）劇作《朱門巧婦》（*Cat on a Hot Tin Roof*）的大爹地（Big Daddy）

◎莎士比亞劇作《安東尼與克利歐佩特拉》（*Antony and Cleopatra*）的馬克・安東尼（Marc Antony）

◎克里斯多福・馬洛（Christopher Marlowe）詩劇《帖木兒大帝》（*Tamburlaine the Great*）的帖木兒

第四部

創造成功的配角

CHAPTER 19

介紹配角

INTRODUCTION TO SUPPORTING CHARACTERS

配角是故事中用來發展衝突的重要來源。每個配角會以自己獨特的方式製造障礙，讓主角來克服。

如果你的故事在某些地方遲滯不前——行不通的場景，或是沒有進展的次要情節——你都可以加進配角來提升故事的趣味。

這些原型可以幫助你創造出擁有自己生命的配角，為故事增添色彩。他們不光是提出一個問題或是說完一句臺詞就轉身走開，他們會創造難忘的時刻，替某個場景加入潛臺詞。他們會在主角身邊逗留一陣子，在最糟糕的時刻出現，造成新的問題。

想想電視影集《歡樂單身派對》裡的紐曼（偉恩．奈特飾演），他討厭傑瑞，老是對傑瑞落井下石。

在某一集裡，傑瑞在看電影《辛德勒的名單》（*Schindler's List*）時跟女友親熱，因為他父母借住他的公寓，讓他沒時間跟女友獨處。編劇刻意安排他的死對頭紐曼在同一時間也在電影院裡，當場目睹傑瑞的行為。紐曼跑去跟傑瑞的父母報告傑瑞跟女友鬧出的場面，因此惹出軒然大波，最後害得傑瑞沒辦法再跟女友見面。

在構思角色旅程、發展情節時，你要尋找可以提升張力或增強戲劇性的場景、次要情節，並且試著把配角放進故事裡。

配角有三種類型：朋友、對手、象徵。

CHAPTER

20

朋友

智者、導師、摯友、愛侶

FRIENDS

朋友是本意良善但老是惹出麻煩的配角。他們可能給了主角錯誤的建議、忘記告訴主角某件重要的事、迫使主角放棄個人的追求以拯救他們，又或者他們可能抱著「為了主角著想」的好意，實則做出不利於主角的事。

配角裡的朋友有四種類型：

- 智者（The Magi）
- 導師（The Mentor）
- 摯友（The Best Friend）
- 愛侶（The Lover）

智者

智者是智慧之聲。他無所不知、智慧過人，主角當前的經歷他也遭遇過，或許甚至遇過好幾次。他有力量可以協助主角避開問題和陷阱，可是經常覺得由主角自己摸索解決會更妥當。「經歷是最好的老師」是智者的信條。智者是大師，主角則是學生。

智者經常不願意幫助主角，更喜歡像洞穴裡的隱士那樣不受打擾。俗世和俗世的問題不是他最關心的事。必須有人說服智者出面幫忙，而主角必須看出智者提供的援助有何價值。如果智者決定幫忙主角，他會清楚表明，一切都要按照他的指示去做，不容質疑。他的話就是鐵律。

主角惹上麻煩，事後得知智者原本可以輕易幫他避開時，往往會很不高興。他可能要到故事後來面臨類似但風險更高的問題時，才明白自己當初學到的教訓。唯有到這個時候，他才意識到自己「可以一肩挑起」大任，能夠靠自己克服這個困境。如果他不曾經歷過第一個教訓，可能就會茫然失措。

隨著兩人關係增長，智者往往逐漸把主角當成朋友或孩子而萌生好感。他可以在主角身上看到自己的影子，並且透過學生重溫自己的技藝，並從中得到樂趣。隨著主角獲得成功，他覺得自己也成功了。如果這個學生忘了智者，或是變得比智者高明，兩人的關係可能因此生變。智者可能會因為主角拋下他繼續前進而難過，彷彿他是跟著用過的洗澡水一起被倒掉的小嬰兒。

智者可能會為主角製造的衝突如下：

- 嫉妒主角獨力完成的事情。
- 嚴苛地教訓主角，不顧主角的目標或時間限制。
- 刻意保留主角需要用來克服某種困境的資訊，讓主角自行摸索學習。
- 提供主角錯誤的訊息，好給他一個教訓。
- 完全拒絕幫忙。

▽智者的例子

- 智者可以是個大偵探，明明對主角手頭上的案子瞭若指掌，卻為了忘卻曾經目睹的殘暴而辭掉工作。這個菜鳥前來向他求助，再次觸發他所有的回憶，令他難以接受。
- 智者可能是那個不願訓練新運動員的教練。
- 智者經常是主角想精通的那個領域的大師，不論是武術、棋藝或其他。

▼智者，現身！

- 《星際大戰》（*Star Wars*）的歐比王．肯諾比（亞歷．堅尼斯飾演）。
- 《天生小棋王》（*Searching for Bobby Fisher*）裡，備受敬重的西洋棋老師布魯斯．潘多芬尼（班．金斯利飾演）。

導師

比起智者，導師跟主角更相似，層次上也跟主角較相近。導師樂意提供建議，願意參與主角的問題。導師就像一個進階的幫手，不久之後自己也可能需要援助。

▽負面的導師

最糟的狀況下，導師熱愛自己藉由協助主角所得到的地位和威望。他想要參與每一步行動，緊抓著左右主角的力量不放。兩人之間形成了某種階級制度，如果主角後來更勝一籌，導師通常很難釋懷放手。師徒兩人的年齡差距越大，導師越容易放手。如果主角的年紀和導師相近，兩人可能會彼此較勁。主角可能會在導師的眼中看到自己，也許不會喜歡自己未來可能會變成的模樣。主角可能會針對導師犯過的失誤來評斷對方，並且試圖疏遠對方。

▼負面的導師，現身！

- 《華爾街》（*Wall Street*）裡的葛登．蓋柯（麥克．道格拉斯飾演），這個華爾街巨頭負責指導主角，並引誘主角從事非法交易。
- 《上班女郎》（*Working Girl*）裡的凱薩琳．帕克（雪歌．妮薇佛飾演）。她要主角信任她，然後竊取主角的構想並交給老闆。

▽正面的導師

一個好導師會大方引導主角進行任務，一天二十四小時隨時聯絡得到。他會在主角身上見到自己的影子，喜歡透過主角重溫自己的過往。他願意提供建議和專長。如果主角成功了，那麼導師也算成功了。他不覺得自己跟主角之間有什麼競爭關係，有時會耐性十足地看著主角學習。很多時候，導師自己有一個從未達成的目標，而這目標和主角的目標相當類似。如果他協助主角，就能透過主角實現自己的目標。

不少空手道和動作片都會循此關係發展，主角會成功實現導師從來無法做到的事，無論是打贏一場比賽，或是在壞人再次行凶前找到他——都是在導師的協助之下。

▼正面的導師，現身！

- 《駭客任務》（*The Matrix*）裡的莫菲斯（勞倫斯．費許朋飾演）心知自己永遠比不上尼歐，但會跟他聯手贏得戰爭。
- 《洛基》（*Rocky*）裡的米奇（布吉斯．梅迪斯飾演）知道自己無法出戰，但可以協助洛基衝上自己永遠抵達不了的顛峰。

導師可能會為主角製造的衝突如下：

- 認為自己懂得最多（有時確實如此），會嘗試自行完成主角的目標，結果在過程中搞砸一切。
- 因為主角的成長超越他而憎恨主角，為主角帶來情緒的動盪。他可能會在主角最需要他的時候掉頭離去。導師用這種方式來表現自己有多麼重要。

- 主角可能會替導師覺得難過而讓導師一同參與，因而破壞了任務。
- 主角必須離開導師去追求目標，卻一時捨不得離開而浪費了寶貴的時間。主角在導師的眼中看到未來的自己。

▽導師的例子

- 主角以前的高中老師。主角找到該位老師並向對方尋求建議。
- 在主角的工作領域裡成就斐然，對主角照顧有加。
- 是主角所需資訊的相關專家，前提是導師樂意分享資訊和提供協助。

摯友

摯友是主角的知己。摯友對主角不離不棄。他隨時準備出手幫忙，但是雖然有意幫忙，卻不見得幫得上。摯友即使幫了倒忙，出發點是善意的。他熱愛主角，總想要陪著主角。如果他看出主角跟他漸行漸遠，會竭盡一切去修復友誼，甚至裝病來博取關注。摯友為了這份友誼而活，不論他在故事的一開始是否欣賞這段友誼。

有時，如果英雄發生了巨大的變化，摯友會感覺受到威脅，因為他知道自己必須跟英雄一起變化，否則彼此有可能分道揚鑣。一些摯友不喜歡改變。

摯友可能會為主角製造的衝突如下：

- 在不知情的狀況下給了糟糕的建議。
- 不希望主角有所改變、最後更勝一籌。
- 嫉妒主角的成就，希望自己也有資源可以展現英勇氣概。
- 為了顧及主角的安全，將主角帶離目標與正確的選擇。
- 嫉妒主角跟其他角色之間的關係，因而從中作梗。

想想他們如何認識、認識多久。摯友有可能和主角分屬不同世界，然而兩人通常會有一些共通點。在《哈啦瑪莉》裡，只要手足是智能障礙的人，都可以成為瑪莉的朋友，因為瑪莉跟智能障礙的弟弟手足情深。

主角和摯友是怎麼認識的：

- 摯友可能是主角的同行，或是跟主角有共同的愛好。
- 他們可能小學就認識，從那時起一直是朋友。
- 他們可能住得很近，因為地緣關係而成了好友，並沒有共同的興趣。
- 他們可能在職場上或大學裡認識的。
- 他們可能才認識不久，主角對摯友的認識還不多，為兩人的關係增添神祕性。

▼摯友，現身！

- 《綠野仙蹤》（*The Wizard of Oz*）裡的錫樵夫（傑克・黑利飾演）是桃樂絲的摯友。他不像稻草人那樣為故事增添輕鬆氣氛，也不像獅子那樣反映了她對勇氣的需求。
- 《星際大戰》（*Star Wars*）裡，機器人（the Droids）是天行者路克的摯友。

愛侶

愛侶是故事主角的愛戀對象。雖然有些角色因恐懼而逃離愛情，但每個人最終都希望被愛、希望找到歸屬的所在。

愛侶是基地和安全感。他經常是主角傾吐感受的對象，尤其是主角的疑慮和恐懼。愛侶是鑲在烏雲周圍的那道銀邊，可能是唯一相信主角的那個人。愛侶有可能以寵物的形式出現，像是《綠野仙蹤》裡的小狗托托。愛侶也可能以孩子的形式出現。

愛侶可能會為主角製造衝突如下：

- 向角色下最後通牒。
- 誤會某件事，引發更多麻煩。
- 試著幫忙，卻讓事情雪上加霜。

- 被壞人抓走，逼得主角必須放棄目標去拯救愛侶。

如果你的主角愛上了某個在故事世界裡不受接納的人，可能會引發一連串的障礙和潛臺詞。你故事裡的世界或社會對以下的情況會有什麼反應？

- 同性戀情
- 雙方年紀極為懸殊的戀情
- 跨種族的戀情
- 跨階級的戀情

他們擁有什麼樣的關係？

- 愛侶可能跟主角完全相反，為主角的生活帶來平衡。
- 如果主角兒時不曾感覺被愛，愛侶或許能填補家長留下的空缺。
- 愛侶可能很專橫、支配欲強，或是細膩且好相處。
- 愛侶在主角的人生中原本可能扮演微小的角色，直到主角的世界轟然崩塌。

想想你要怎麼在故事裡帶入愛侶。我們頭一次見到愛侶時，他和主角應該已經奠定了關係。愛侶這個角色需要特殊的處理。主角因為忙碌而冷落朋友，你不會因此給主角負評，但是如果主角出於某種原因而冷落愛侶，觀眾或讀者就會覺得主角不應該。愛侶應該在主角的心中占有特殊的位置；如果沒有，我們必須知道原因何在，因為我們可以從中認識主角的個性。如果主角只是把愛侶當成好友，那麼也許是因為主角害怕做出承諾。

▼愛侶，現身！

- 《星際大戰》裡的莉亞公主（嘉莉．費雪飾演）是天行者路克的愛戀對象，她的自我意識很強。
- 《綠野仙蹤》裡的小狗托托擁有桃樂絲無條件的愛。她為了救牠，奮不顧身。

CHAPTER

21

對手

小丑、弄臣、勁敵、調查者、悲觀者、靈媒

RIVALS

對手是那些想要「惹惱」主角的友善敵手。他們不喜歡主角，但不是故事裡的反派，因為他們並不反對主角的目標，他們只是在主角前進的路途上製造衝突和問題。他們無意傷害主角，但是喜歡把事情搞砸、扯主角後腿，因為這樣他們才有事情可忙。

如果主角不在，對手不能跟他們「鬥智」，他們反而會覺得失落。想想《歡樂單身派對》裡的紐曼。

很多時候，對手對主角的厭惡是無意識的。他可能以為自己正在幫忙主角達成目標，事實上卻在破壞主角的努力。

弄臣正符合這樣的條件，他會在主角找到寶藏以前，無意識地打壞東西、毀掉「藏寶圖」，主角不得不另覓蹊徑。

另一方面來說，敵人的厭惡可能完全是有意識的，就像在「勁敵」類型的例子裡，他會苦候機會要報復主角。想想《歡樂酒店》裡的卡菈（莉亞·柏曼飾演），她總是在戴安（莎莉·朗飾演）

有其他問題要處理的時候，惹出更多麻煩。

所有對手厭惡主角的理由都類似：

- 他可能老是覺得自己一直在跟主角競爭。
- 他可能嫉妒主角擁有的東西，無意識地不希望看到他得到更多。
- 他可能覺得主角自認優於他，於是一有機會就想挫挫主角的銳氣。
- 他可能覺得阻撓主角合情合理，因為他的信念告訴他，主角是錯的。他可能相信自己正在為更高的理想而戰。
- 他可能覺得自己比主角更聰明、懂得最多，覺得自己有責任教訓主角。
- 他可能只是享受左右主角的力量，就像學校裡那些愛譏笑人的惡霸。

配角裡的對手有六個類型：

- 小丑（The Joker）
- 弄臣（The Jester）
- 勁敵（The Nemesis）
- 調查者（The Investigator）
- 悲觀者（The Pessimist）
- 靈媒（The Psychic）

小丑

小丑是個伶俐機智、動不動就惹麻煩的傢伙。他愛開主角的玩笑、愛對主角惡作劇。對他來說，生活就是歡笑和樂趣。他享受好笑話替他招來的關注，因為會讓他覺得自己成為焦點。

他可能很惹人厭、囂張吵鬧。在主角即將有所突破的時候，小丑就會翩然到來，以笑話和遊戲擾亂主角的思路。

在另一個角色正準備坦承重要的事情時，小丑會插科打諢，扭轉對話的方向。他也許甚至沒意識到自己做了這些，他認為自己在幫大家放鬆和「紓壓」。

小丑多少有點自我中心，因為他只在乎歡笑和輕鬆——那就是他想要的。如果有人情緒低落、想要一吐為快，小丑會為了讓自己更自在一點而刻意搞笑。不論到哪裡，小丑都要說笑，最好有人會陪著笑，否則他會惱羞成怒，說出刻薄的話。要是他手上握有人們的祕密，哪天當他覺得受辱時，就會將這些祕密當成武器。

小丑可能會為主角製造的衝突如下：

- 需要過多關注，令主角不勝其擾。
- 主角千方百計避開他，因此錯失達成目標的機會。
- 對主角開了個玩笑，害得主角離目標更遠。
- 給其他人關於主角的錯誤資訊，使得主角和其他人起更多紛爭。

▼小丑，現身！

- 《歡樂酒店》裡的山姆．馬龍，用關於女人的笑話來閃躲親密關係。
- 《我愛羅珊》裡的達蓮娜．康納（莎拉．吉爾伯特飾演）用侮辱人的低劣笑話來熬過自己的困境。
- 《六人行》裡的錢德勒用笑話來迴避自己的情緒。別人想討論個人問題時，他也會刻意說笑，免得氣氛太嚴肅。

弄臣

弄臣跟小丑類似，只是他大多時候都是出於好意。

弄臣會因為肢體上的失誤而搞砸主角的計畫。這個配角跟《我愛露西》裡的露西、《三個臭皮匠》（*Three Stooges*）的賴瑞、柯里有異曲同工之妙。他是個肢體很不協調的冒險者。他可以接受從飛機上往外跳，但他實際嘗試時就會出現肢體動作上的大災難。

弄臣會試圖幫助主角，最後卻總是毀掉一切。主角覺得自己有義務讓他幫忙，因為他誠意十足、天真無辜。

主角不能趕他離開，因為弄臣往往不如主角幸運，這讓主角為他覺得難過。在某個階段，兩人之間會發生摩擦，尤其在主角承受許多壓力的時候。

弄臣可能會為主角製造的衝突如下：

- 總是跟著主角到處打轉，不論到哪裡都會造成實質的破壞。
- 惹禍上身，如此一來主角就必須拋下一切來幫他。
- 主角終於叫他別再擋路的時候，他會刻意不理主角。他會暗地製造麻煩，可能會因為主角將他排除在外而生氣。

▼弄臣，現身！

- 《西娜：戰士公主》裡的賈克斯（泰德．雷米飾演）雖然什麼事也做不好，卻成功用自己的滑稽舉止來轉移壞人的注意力。
- 《歡樂單身派對》裡的科斯莫．卡拉瑪（邁克．理查茲飾演）。
- 《致命武器》（*Lethal Weapon*）裡的里歐．蓋茲（喬．派西飾演）。
- 《綠野仙蹤》裡的稻草人（雷．伯格飾演）有好幾次著火，差點整個解體，而且走路很吃力。

勁敵

勁敵不是反派，而是「友好的」麻煩製造者，類似《歡樂酒店》的卡菈和《歡樂單身派對》的紐曼。

勁敵不在意主角的目標，只是等待機會刻意扯主角後腿。他為了兩人共同的朋友、工作或是將他們聯繫在一起的事物，和主角維持相敬如賓的關係，但兩人只要一獨處，場面就會變得難堪。勁敵可能有點嫉妒主角。他想看到主角設身處地體會他的處境。他覺得自己的人生過得很坎坷，認為「完美的」主角要是置身於相同處境，可能連一天也撐不下去。

勁敵痛恨主角，但他若是沒有主角可以憎恨似乎也無法活下去。紐曼如果沒有傑瑞，生活會很乏味；如果戴安不在，卡菈也沒人可以互鬥。

很多時候，這種愛恨交織的關係早已存在多年。不論哪個角色，都不記得這段關係當初是怎麼開始的，他們只知道彼此應該互相厭惡。有時他們會為了共同目標攜手合作，等到目標一達成就再次分道揚鑣。

《德魯卡瑞秀》（*The Drew Carey Show*）的咪咪．柏別克（凱西．肯尼飾演）和德魯卡瑞經常聯手捉弄別人，比如兩人共同的老闆。傑瑞也跟紐曼合作，幫紐曼在別的州找工作，好讓紐曼從傑瑞的生活中消失。

勁敵可能會為主角製造的衝突如下：

- 時時在暗處等著主角犯錯，讓主角壓力更大。
- 每次主角接近目標的時候，勁敵就會翩然現身，創造新障礙（如果主角正在等殺手的來電，勁敵就會在場搶接電話、激怒殺手）。

▼勁敵現身

- 《德魯卡瑞秀》的咪咪。
- 《歡樂酒店》的卡菈。
- 《歡樂單身派對》的紐曼。

調查者

調查者總是在別人不想要他或不需要他的時候硬要插手，老是追問問題，令主角不勝其煩。調查者非常沒有安全感。他需要知道某個局面的每個枝微末節，才能決定要怎麼做。他不敢冒險，因為害怕犯錯。他也許需要照章行事，因為他很怕觸犯法律。

他試著控制和操縱主角，希望主角照他的意思做事。他非常嫉妒主角完成目標，因為他可能也有類似的目標。看到主角實現了他巴不得自己也能辦到的事，讓他很不是滋味，所以他會試圖用自己的恐懼影響主角。他會提出「嗯，你覺得這個如何……」這類的問題，挑起主角的疑慮，暗示主角需要他。一開始主角覺得這些提問頗有幫助，可是到了某個階段，這些提問開始讓主角覺得惱怒。主角意識到調查者的企圖，於是試圖擺脫他。

調查者有時候覺得整個世界都岌岌可危，認為主角有責任為眾人著想，做出穩健的行動和決定。調查者會擔憂過頭，因而阻止每個人表明立場並起而行動。

調查者可能會為主角製造的衝突如下：

- 在主角跨出每一步的時候，不停提出質疑，拖慢主角的進展。
- 拉著主角團團轉，耗掉主角的大半精力。主角需要做出決定，調查者會讓主角在原地不停打轉，來來回回舉棋不定。

▼調查者，現身！

- 《愛你多一些》（*Only the Lonely*）裡，丹尼（約翰．坎迪飾演）那位跋扈的母親。
- 《覺醒》（*The Awakening*）裡，拉蒂諾爾夫人提醒艾德娜，她的生活不可能完全擺脫社會規範的約束，並說她的行為會有後果要承擔。

悲觀者

悲觀者經常以不贊同主角的行動來挑戰主角。他抱持「什麼都行不通」的態度，懶得像調查者那樣問問題。

悲觀者知道什麼都不會順心如意，所以連試都不試。他是無所作為的行家，喜歡看到自己的疑慮左右主角的思緒。主角對自己沒把握的時候，悲觀者會覺得自己以悲觀態度看待一切很合理。「他辦不到，我們辦不到，那就是不可能的事」是他的信條。

他不知道如何看待事物的光明面。他不抱希望，認為主角不去擔心後果是愚蠢的。他會這樣說：「你可能一走到外面就被車撞死，接下來呢？」他不習慣冒險，除非他有意求死，這時他就會鋌而走險，巴望厄運臨身。

悲觀者可能會為主角製造的衝突如下：

- 他會一一否定主角提出的每個構想，直到主角毫無想法。
- 使主角懷疑自己已經採取或將要採取的每項行動。
- 讓主角在尚未開戰前就覺得必敗無疑。
- 使主角做出錯誤決定。
- 說服主角不要採取任何行動，直到風險高到不得不付諸行動。

▼悲觀者，現身！

- 這個角色經常在歷史故事裡出現，尤其是當大家要做些超越往例的事時。電影《伊莉莎白》和《黑潮麥爾坎》裡，有幾個角色總是在說主角執意繼續下去有多麼危險和莽撞。電影《英雄本色》裡的羅伯特．布魯斯（安格斯．麥克菲恩飾演）就是悲觀者的例子。

靈媒

▽負面的靈媒

在最糟的狀況下，靈媒無所不知，至少自認無所不知。他以非常優越的態度看待一切。在每個狀況裡，他都試著表現出平靜和萬事通的模樣，卻經常顯得很可笑。他試著預測接下來會發生什麼事，不論是好是壞，並告訴主角此時對手正在策畫什麼。

他有時會以偵探、靈媒或心理學家的角色出現，自認對人類行為有透徹瞭解。如果他的預言最後證明是錯的，他就會歸咎於某種外在因素。

靈媒覺得自己應該站在主角的位置上，因為他比主角更優越。

大多數時候，這個角色一心追求權力，想要擁有比其他角色都崇高的特殊地位。聰慧或天賦讓他與眾不同、獨一無二而且炙手可熱。

▼負面的靈媒，現身！

- 《第六感生死戀》（*Ghost*）裡的奧德美．布朗（琥碧．戈柏飾演）假扮靈媒，費心裝神弄鬼，以騙取人們的錢財。

▽正面的靈媒

最好的時候，靈媒就像神諭者，在主角前進的道路上提供建議和資訊。他的行動往往是為了主角著想而不是為了自我。他可能不想要為自己的行為爭取認可，而是選擇以匿名的狀態留在幕後。

▼正面的靈媒，現身！

- 《駭客任務》（*Matrix*）裡的祭師（葛羅莉亞．佛斯特飾演）大方給予所有角色建議，不期待任何回報。她一心投身於這個理想，為了爭取眾人福祉而戰。她給了尼歐錯誤的建議，因為那是他需要聽到的。

靈媒可能會為主角製造的衝突如下：

- 保留重要的資訊不說，這樣之後就能有更多貢獻。
- 嘗試接手部分的任務，搞砸了主角的行動計畫。
- 堅持自己比主角懂得更多，使得其他角色質疑主角的計畫。
- 以預言嚇唬主角或其他角色。他可能會告訴主角，他「看過」或「知道」某個行動不會成功，導致主角現在有更多疑慮要克服。

CHAPTER

22

象徵

影子、迷失的靈魂、翻版

SYMBOLS

象徵，代表著對主角來說相當重要的事物。他們可能象徵著主角的過去、主角的缺陷，或是主角試圖成為的人。

有時候，一個朋友或敵人可能會扮演象徵角色，比如映照出主角缺點的摯友。

象徵的配角有三種類型：

- 影子（The Shadow）
- 迷失的靈魂（The Lost Soul）
- 翻版（The Double）

影子

影子會映照出主角在個性上的缺失或陰暗面，好讓主角正視並克服自己的缺點。主角會試著閃避影子，否則就必須面對自己的缺失和恐懼。影子自己的缺點和主角的缺點，可說定義了影子這個人。

如果你的主角很難面對自己的恐懼，那麼對他來說，影子可能是全宇宙最可怕的人。影子的角色通常會經過誇大，讓他拚命想得到認可、得到療癒。

如果主角很怕自己發瘋，影子可能就是個精神失常的人；如果主角老愛生氣，影子有可能是個火暴的人。

影子會言人所不敢言。在恐怖電影裡，他就是那個大喊「我們都會死！」的人；在劇情片裡，他是主角未來不想成為的那種父親或母親形象。

影子可能會為主角製造的衝突如下：

- 引發主角情緒上的動盪，因為主角在影子身上看到自己。
- 力量可能和主角不相上下或更強大，他可以設下障礙，直到主角認可他的存在（如果主角很生氣，那麼影子的暴怒可能會打斷他通往目標的行動計畫）。

▼影子，現身！

- 《月光光新慌慌》（*Halloween*）裡，在洛莉斯·特羅德（潔美·李·寇蒂斯飾演）身邊所有嚇壞了的角色。
- 《綠野仙蹤》裡，膽小的獅子（伯特·拉爾飾演）象徵桃樂絲需要在自己內心找到的勇氣。

迷失的靈魂

迷失的靈魂象徵主角的過去，提醒他自己一路是從哪裡走來，以及為何想要改變。主角如果沒達成目標，就會回到迷失靈魂的狀態。

迷失的靈魂是改變之前的形象，也就是從未達成目標的人，因為他可能不曾思考過目標。他經常會在生活中隨波逐流，被動回應事件，而不是主動創造事件。

他不知道怎麼轉變人生，害怕踏出第一步。直到看到主角，迷失的靈魂才意識到自己的人生有多麼停滯不動，這可能會讓他情緒低落。通常，主角可能會察覺到這一點，在迷失的靈魂身邊刻意淡化自己的成就。

- 他是孩提時代的老友，一點也沒改變，主角只能跟他聊過去。
- 迷失的靈魂角色可男可女，可能為了養家而放棄抱負，而且對自己這個選擇並不滿意。
- 他可能從小就吸毒，長大成人之後積習未改，而所有的朋友都已經離家上大學、建立事業。
- 迷失的靈魂可能為了照顧孩子和家人而放棄事業，主角則為了事業而放棄孩子，或者顛倒過來。主角可能曾經嫉妒過迷失的靈魂，但主角現在明白他的生活並不適合自己，也無法想像自己成為他的樣子。

「多虧上帝開恩，我才逃過一劫」——主角看到迷失的靈魂，會冒出這個想法。如果他維持被動，不去追求目標，他就會成為迷失的靈魂。這個配角可以激勵主角實現自己的目標，因為主角害怕步上迷失靈魂的後塵。

迷失的靈魂可能會為主角製造的衝突如下：

- 試著說服主角他的人生很棒；試著說服主角選擇自己想走的人生道路會是大錯特錯。
- 時時提醒主角是什麼人，而如果事情不順利，有可能會變成什麼樣的人。
- 他會使主角為了個人的成就覺得愧疚。
- 在情節發展到最糟糕的時間點做出極端的事，以博取主角的關注與協助。

▼迷失的靈魂，現身！

- 《歡樂單身派對》裡的喬治．科斯坦薩（賈森．亞歷山大飾演）向來什麼也不想做，只想逍遙自在過一生。
- 《覺醒》裡的拉蒂諾爾夫人，對艾德娜來說就是迷失的靈魂。

翻版

翻版是主角想要成為的榜樣。主角要不是崇拜翻版，就是對他心懷嫉妒和不滿。翻版就是主角達成目標時想要成為的人。他發展健全，給人安全感，基底深厚。

無論主角的興趣是什麼——科學、寫作或藝術——翻版都是那個領域的專家，通常聯絡不上或遙不可及。主角的興趣通常跟情節密不可分，而這方面的專長能協助他實現目標。

主角可能嘗試要寫小說，夢想可以像知名作家史蒂芬．金一樣成功。他的臥房裡可能堆滿了史蒂芬．金的小說。或者是，主角可能希望找到入侵新電腦系統的方式，不計一切想和傑出的神祕程式設計師或駭客見到面，因為對方發明了他破解不了的安全系統。

在最好的狀況下，翻版會成為主角的宗師或指引。他們會領先闢出一條道路讓主角追隨，或是保留空間讓主角得以成長茁壯。

翻版可能會為主角製造的衝突如下：

- 如果不希望在自己的領域裡出現新的競爭者，他會阻撓主角變得跟他一樣高強。
- 如果主角喜歡這個翻版角色，要變得跟對方一樣可能不容易。因為如此一來，他會沒有人當模範，將必須為自己的人生負責，並且必須做得跟對方一樣好。

▼翻版，現身！

- 《星際大戰》裡，天行者路克想要效法他父親（翻版）。他崇拜父親，不知道父親其實就是黑武士。

- 《綠野仙蹤》裡，好巫婆葛琳達（Glinda）既是翻版也是指引。葛琳達擁有力量、智慧、良善，這些都是桃樂絲追求的特質。

第五部

陰性旅程和陽性旅程

CHAPTER

23

介紹原型旅程

INTRODUCTION TO ARCHETYPAL JOURNEYS

介紹過角色原型之後，接下來要帶你認識陰性旅程（the feminine journey）和陽性旅程（the masculine journey）。等你發展出角色，對自己想描述的故事有初步構想，就必須設想角色所在的故事輪廓。

每個原型對旅程的每一步都有不同的切入方式，不論是踏上陽性旅程上的女主角，或是踏上陰性旅程的男主角。這些旅程不受性別束縛，雖然男性角色大多會踏上陽性旅程，反之亦然。

有些角色會抗拒旅途的每一步改變，有些角色則會張開雙手擁抱。有些角色選擇笑看這個世界，有些角色則因這個世界而苦惱。角色在旅程上的每個階段會有什麼反應，由作者決定，而你為角色選擇的原型此時能夠發揮引導的作用。

在電影劇本寫作裡，一百二十頁的劇本通常分成三幕，每一頁占銀幕上播映的一分鐘。第一幕是開場，占前三十頁。第二幕是中間部分，占六十頁。第三幕是結尾，占三十頁。接下來，我會以這個分幕方式為架構，來釐清旅程的各階段。

簡短概述如下：

陰性旅程

在陰性旅程上，主角必須深入自己的內心，在故事過程中持續轉變。主角在第一幕覺醒，然後邁向重生。《本週電影》（Movies of the week）播放的作品[1]，還有那些以角色研究為重[2]的故事通常屬於這一類，《綠野仙蹤》、《鐵達尼號》、《美國心玫瑰情》、《天才老媽》（*Mother*）、《覺醒》、《異形》也是。

這種旅程以《伊娜娜冥界之旅》（*Descent of the Goddess Inanna*）為本。這是歷史上記載最古老的神話之一。

陽性旅程

在陽性旅程上，主角會抗拒內在的轉變，直到第三幕，這時他必須選擇覺醒並取得勝利，或是選擇反抗並以失敗告終。傳統的警匪片和動作片通常屬於這個類別，《星際大戰》、《奪命總動員》（*The Long Kiss Goodnight*）、《致命武器》、《白鯨記》、《奪寶大作戰》、《阿呆與阿瓜》（*Dumb and Dumber*）。

這種旅程以西元前七世紀古老的美索不達米亞神話《吉爾蓋迦須史詩》（*Epic of Gilgamesh*）為本。

1 美國廣播公司（ABC）於一九六九年至一九七五年間播放的節目，每週會播映一部電視劇情長片。

2 character-driven，經常譯為「角色導向」。

你可以發揮創意，找到方法在陰性旅程裡加入動作和懸疑，就像《異形》那樣，或是在陽性旅程裡加入強大的角色轉變和成長，就像《奪寶大作戰》那樣。

這些旅程為作者提供引導。它們提供基本的框架，讓你可以不用擔心結構，只要先設想好所有的階段，就會知道故事要往哪裡發展。你可以把時間花在創造有趣的角色上，在故事裡增添新的轉折上，而不是苦思結構和發展的方向。旅程的階段是釋放創意的工具，不同階段之間可以用一頁或一百頁來呈現，全由你自己拿捏。

接下來的篇章會討論陰性和陽性旅程。每個階段都提供了詳盡的要點，並且以熱門電影和古典文學作為範例。有個部分稱為「性別偏折」（Gender Bending），呈現踏上陰性旅程的男主角，以及踏上陽性旅程的女主角。每個階段末尾，另有一部分提供寫作竅門，幫助你打通創意的經脈。在深入討論這些旅程之前，我們要先看看影響每段旅程的性別差異。

性別差異

旅程雖有不同，但它們都提供角色機會，以發展出正面和負面特質。在《潛入深處再浮出》（*Diving Deep and Surfacing*）這本書裡，卡蘿・P・克萊斯特（Carol P. Christ）解釋了其中的區別：「大多數心理學家（和作家），都傾向強調男性發展模式的正面面向。事實上，兩種發展模式各有優缺點。如果男性發展模式給予他們強大的自我（ego）和強烈的自我意識，他們會較不容易接受認同共鳴（identification）與同情的體驗，更不可能將其他人或其他存在視為同類，也較不願意接受神祕體驗。

如果女性發展的負面面向是她們的自我弱於男性，正面面向就是她們更容易有認同感、同情、神祕體驗。」

瞭解兩性之間的主要差異，讓男作家可以創造出更貼近真實的女性角色，也讓女作家可以創造出更貼近真實的男性角色。比方說，很多女作家不瞭解男性力求表現和養家活口所背負的生活壓力，而很多男作家不明白女性面對日常危險時的恐懼。看到女性角色毫無顧慮地在夜間穿過暗巷，女性讀者會知道這個角色要不是天不怕地不怕的超級英雌，就是出自完全不瞭解女性的作家之手。

接下來的三個主題——權力、支持、世界觀——概述了男性角色和女性角色所面臨的不同問題，不論他們的原型為何。

角色要如何內化這些問題，由你自己決定。「父之女」可能會選擇無視女性面臨的任何不公義或不平等，因為她想要融入職場上的男性群體。她可能會多次面對不平等事件，因此不得不運用防禦機制來否認自己的親眼所見。「國王」為了存活下去，可能必須交出他的權力，但拒絕相信「屈服不等於失敗」。

權力上的差異

為了覺醒，男性和女性都必須消解自我（dissolve the ego）。女人要得到權力，才能理解自己真正的目標和連結，而男人必須放掉權力，才能明白自己真正的目標和連結。

女主角在第一幕末尾覺醒，並且走上通往權力的道路；男主角則帶著原有的權力踏上路途，在第三幕的開頭覺醒，意識到自己的權力讓他無法徹底體驗人生。如果他沒覺醒，就會像《白鯨記》裡的亞哈船長一樣步向毀滅。

覺醒就像主角經歷某種形式的屈服，進入未知世界的重生。對男人來說是放棄權力和控制，對女性來說則是獲得權力和控制。

對作者來說，有時是要傳達一種深刻的責任感、一種內在的轉變，或重新思考替角色選定的道路。在每一則主角強悍又暴力的動作故事裡，主角必須歷經一番苦戰才能拯救佳人，有時結局會讓人用較為同情的眼光來看待主角。主角回顧過去的所作所為，希望自己曾經有所不同。他開始有了自覺。這麼一來，故事便能提升到神話般的旅程，而不只是照本宣科的呆板情節。

很多女性意識到，自己的人生充滿了別人的目標和抱負。她們不清楚自己內心深處真正想要什麼，直到自己的世界崩垮下來，被迫重新檢視一切。就像被丟進歐茲王國的桃樂絲，她已經不在堪薩斯州，必須學習在新世界裡找到方向。

很多男性意識到，自己在世上擁有的權力只能幫助他們達成社會認可的目標。如果某個男人說自己的目標是留在家裡帶孩子，就表示他要放棄部分權力，因為按照社會的標準，他不算「真」男人。《奪寶大作戰》的主角放棄他們奪金的目標，決定幫忙當地那些走投無路的人。他們意識到自己和其他人之間的連結。為了拯救人們，他們放棄自己的權力和目標。

支持上的差異

陰性旅程和陽性旅程的另一個主要差異是「支持」。男主角離家踏上旅程時，一般來說都會受到團體和社會的真心支持。

但女主角試著離開社區、踏上旅程時，卻不會得到真心的支持。想想那些離開丈夫和家庭、開啟新生活的女性——凱特·蕭邦（Kate Chopin）的小說《覺醒》裡的艾德娜，或是《魔鬼女大兵》（*G.I. Jane*）裡因為想參戰而拿起槍枝的女性。

當她試著脫離社會認可的角色時，就會遭逢社會的龐大阻力，有時是人們群起攻擊她的低自尊心，說她不可能實踐自己最愛的事。《覺醒》裡的艾德娜在這樣的壓力下，最終踏上了自殺一途。

沒有多少男主角會在開啟旅程時面臨這樣的逆境。社會原本就預期男人會踏上旅程，在人生中追求更上一層樓，出外追尋自己的夢想。男人可能會認為必須倚賴女人撐起家庭生活，自己才能踏上旅程。有時候，證明自己的方式就是拯救一位女性。

從不同的世界出發

世界對女性來說是危險的

很多女性做計畫時都是圍繞著安危打轉，有些女性選擇無視周遭的危險，最後往往陷入困境，就像「天真少女」原型。對一些女性角色來說，與陌生人約會是她們絕不考慮的事，更不要說跟刊登徵友廣告的男性碰面。

如果女性角色任憑恐懼擺布，恐懼就可能大幅阻礙她的生活，讀者可能也會不由自主評判她的行為：「她跑去那裡湊什麼熱鬧啊？」責怪受害者，似乎有助於人們將自己跟罪行切割開來。想想《控訴》（*The Accused*）裡的莎拉．托比亞斯（茱蒂．佛斯特飾演）。

我們可以從這裡看出，女性為什麼這麼喜歡《末路狂花》這部片子。兩個平凡的女性——家庭主婦和女服務生——起而奪回自己的權力，並克服女性每天面對的恐懼。

對女性高要求的世界

女性也要面對生孩子和做好家務的要求。女人開始戳破那些告訴她們可以擁有一切的迷思——事業、孩子、婚姻。經歷身心透支和壓力之後，女性開始知道她們不可能得到全部。

有些女人選擇不生孩子，因此可能一方面會覺得受到排擠，另一方面則感覺自己不像女人，因為女性身分和母職一直是同義詞。當她說出自己這樣的決定，很多人會覺得她要不是沒有生育能力，就是自私自利。你的女主角可能忙著處理這些問題。

選擇生孩子的女性逐漸明白，為了生養後代，她們必須放棄自己的事業幾年。無法兼顧事業和生育，可能會讓她們覺得自己很失敗。你的女主角是否為了生養孩子而放棄事業夢想？

世界對男性的期望

在這個充滿期望的世界裡，社會用「三個P」——表現、養家、保護（Perform, Provide, Protect）——來轟炸男性。

媒體和社會不斷告訴男性，如果他想當一個真男人，就必須有所表現，而且要表現良好。他一定要先擁有成功事業和雄厚財力，才配得上一位美麗佳人。大家告訴他，只要買下這輛車、掙得這份工作、穿上這些服飾，他就可以飛黃騰達。他必須不分日夜賣力工作，總是要跟其他男人一爭高下，而是金錢就是權力，權力即是一切。

當丈夫後來從妻子那裡聽到「我真希望你花更多時間愛我而不是工作」，會深受打擊。你的主角是不是遇到了同樣的困境？他意識到自己陪伴孩子的時間不多，也放棄了自己真正的夢想，因為那些夢想無法給他足夠的收入。

男人也被交代一定要保護女性和孩子，要堅強，別流露情緒。他一定要為所愛之人的遭遇負責，不論他當時是否在場、是否有能力幫助或拯救他們。男人的生命被認為可以犧牲——記得鐵達尼號那些無法搭上救生艇的男人們嗎？你的英雄是否害怕暴露自己的恐懼，害怕展現自己的脆弱？

所以，這一章的重點是什麼？我只是要提醒寫作者意識到一些性別議題。你可能永遠都不需要在自己的故事裡討論這些議題，但這些問題依然可能透過潛文本浮現出來。讀者天天都會面臨這些議題。針對當前性別議題起而行動或做出反應的角色，會讓讀者心生好感與信任感。想想《大老婆俱樂部》和《失戀排行榜》（*High Fidelity*）票房有多好，就知道這些故事呼應了男性和女性經驗，因此受到觀眾熱愛。

CHAPTER

24

構思陰性旅程

PLOTTING THE FEMININE JOURNEY

在陰性旅程上，主角鼓起勇氣面對死亡，忍受重生之前的改造，成為可以掌控自己人生的人。

主角從質疑權威出發來開啟自己的旅程，再逐漸生成為自己挺身而出的勇氣，最後願意獨自面對自己的象徵性死亡。這個包含九階段的過程以三幕來呈現，是古典的故事結構。

陰性旅途的九個階段如下：

第一幕：遏制（Containment）

1. 對完美世界抱持幻想
2. 背叛或領悟
3. 覺醒——為旅程做準備

第二幕：翻轉（Transformation）

4. 下降——穿過審判大門
5. 暴風眼
6. 死亡——全盤皆輸

第三幕：萌生（Emergence）

7. 支持
8. 重生——真相的時刻
9. 周而復始——返回完美世界

第一幕：遏制

第一階段：對完美世界抱持幻想

名叫莎拉的女人坐在窗前，望著窗外雲朵自由地滑過完美的藍天，她告訴自己：

「現在這樣就很好了。」

莎拉花了幾年時間在自己的周圍打造了完美的玻璃泡泡，隔絕成長的風險所引發的痛苦與不確定。就像睡美人，她對周遭的真實世界視而不見，不知道她握有喚醒自己的力量。莎拉篤信凡事照著規矩來就會得到獎賞。隨著時間流逝，她四周的玻璃牆也越逼越近，直到她站起來就會撞到玻璃天花板。

主角並未面對束縛行動的玻璃天花板，反而決定不要站起來。她發揮創意咬牙忍受自己的處境，躲避下面這個事實：她所在的世界阻撓了她的成長。

她對未來有一種虛假的安全感，認為只要維持原狀，每個人都會喜歡她。這是她所熟知的安全世界，「重複」為她帶來安全的幻覺。

她可能天真地活在否認裡，希望其他人會照顧她，或是可能會扮演殉道者，接受自己的命運。她無法想像冒著失去一切的風險，將自己從這個世界拯救出來。她不知道外頭有更美好的世界可供探索。「每個人不是都在受苦嗎？」她自問。她想讓目前這個世界順利運作，這樣就可以逃避改變和成長的痛苦。

她在意的事情可能也讓她動彈不得——養家活口、等待升遷、試著拯救除了自己之外的每個人，或是很在乎其他人的想法。這些都只是繼續消極下去的藉口，這樣她就不用去看四周出現的機會。為了讓讀者相信，就算故事後面情勢變得艱困時，主角回到這裡也不會更好，這個世界必須設定為主角難以運作的負面空間。她可能很努力要為自己的不好遭遇找理由，可是遲早會耗盡理由。

這個「完美世界」一定要呈現為負面的地方，這樣才能激勵主角清醒過來。她一定要在故事的過程中，為了追尋更美好的事物而有所忍耐，因為她在目前的世界裡顯然無法運作。

主角為了在這個「完美世界」裡撐下去，有五種因應的策略。只要用其中一種策略來應付這個世界，主角便能對自己的現實處境視而不見。她學習怎麼融入環境，運用她的原型獨有的優勢特質，以站穩自己的腳步。

這五個因應策略分別是：

天真策略（The NAïVE STRATEGY）

不論有無自覺，這名女子認為「其他女人有可能受到傷害、攻擊或被忽略，但我不會遇到這種事。壞事不會發生在我身上。生活很美好，只要努力就有成果。我只需要耐著性子等下去。」

在《綠野仙蹤》裡，桃樂絲住在一個黑白的世界，那裡的一切都以穩定的步調運行。沒有色彩、沒有刺激，但有不少重複和安逸。她花時間試著找事做。對她來說，生活相當乏味，當她試著要幫忙家務的時候，大家都趕她走開。她在那裡似乎格格不入。她沒意識到自己還有不少空間可以成長，而她必須離開那座農場才辦得到。

灰姑娘策略（THE CINDERELLA STRATEGY）

這名女子活在這樣的世界裡：為了存活，她仰賴男性的保護和指引。「我的男人永遠會在身邊支持我。當他不在我身邊的時候，會有其他男人來幫我，所以我不用擔心自己會碰上不好的事情。男人都喜歡照顧我、善待我。」她可能相信自己必須擁有美貌，才能抓住男人的心。

在《亂世佳人》裡，我們先看到郝思嘉跟兩個迷戀她的男人一起坐在前廊，她非常自我中心地持續將話題從戰爭轉到自己身上。她不想面對塔拉莊園外的現實世界；家族的財富為她帶來優渥生活和社會地位。她拒絕正視社會規則如何局限她的角色和位置，而這樣的社會在女性不覺得累的時候依然強迫她們午睡。她只在乎吸引身邊男性的矚目。

例外策略（THE EXCEPTIONAL STRATEGY）

這名女子生活在男人的世界裡，或是她自己這麼認為。她覺得自己跟男人一樣優秀，同儕也常這麼告訴她。「其他女人辦不到，可是我可以，因為我是例外。男人欣賞我，因為我可以表現得跟他們一樣，也能融入他們的團體。我從不哭泣，也從不抱怨。」她可以忽略她在辦公室目睹的性別歧視，因為她不把自己視為「女性」。

在《上班女郎》裡，凱薩琳·帕克徹底壓抑自己身上所有的女性特質。大家總是看到她和「男孩們」在一起，經常在辦公室裡開女祕書的玩笑。她認為自己是唯一能夠擔當這份職務的女性，當別的女性——區區一個祕書！——出面接手的時候，對她來說簡直有如晴天霹靂。而祕書泰絲·麥克吉爾（梅蘭妮·葛里芬飾演）相信，在辦公室裡，她比其他祕書都還優秀。如果不是有這種想法，她不會冒那些險。她將自己完全跟其他女性劃分開來，好打入男人的世界。

取悅策略（THE PLEASING STRATEGY）

這名女子活著就是為了取悅他人。只要其他人開心，她就開心。她的認可來自其他人。她就像個順服的天真女孩，凡事都按規定來，壓抑自己的女性直覺和力量。她的行為支持著現狀，她排斥自己的真實欲望，以便融入環境。這讓她覺得人生盡在自己的掌控之中。她不會招來叫罵，因為她會將所有的事情都辦妥。大多數時候她都活得戰戰兢兢。

在《末路狂花》裡，泰瑪按照社會期望打理家務，留在糟糕的婚姻裡，可是內心深處很不快樂。雖然她的房子美好整潔，屬於中上階層，她的世界卻有自我毀滅的傾向。我們看著她在丈夫的言語暴力之下如履薄冰地生活。她對他說的話似乎已經麻木無感，我們便明白這種狀況一定已經持續多時。

失望策略（THE DISAPPOINTED STRATEGY）

這類女子對自己的命運憤怒又憂鬱，卻不採取行動去改變——目前還沒。她可能相當忿忿不平、態度嘲諷，通常是辦公室裡最敢怒敢言的一個，或是會扮演殉道者的角色，為了他人犧牲自己的福祉。內心深處，她夢想著自己真正的目標，而那些目標似乎遙不可及。她是這五種類型裡最有覺察力的一位，渴望找到正向的女性典範。她明知自己的世界並不完美，卻沒有欲望或動機去改變它。

在《鐵達尼號》裡，蘿絲過著備受保護和控制的生活。起初在我們眼中，她是個貴婦，不僅有個愛她的未婚夫，還有僕人服侍，一切狀似完美無缺，但她的眼底流露著一絲絕望。我們慢慢得知，她的未婚夫和母親盯著她的一舉一動。生活裡的一切都有人為她做決定，小至她晚餐該吃什麼。我們意識到她為了家人而扮演殉道者的角色，注定一生都會過得不快樂。

▽第一階段的範例

《伊娜娜冥界之旅》

在女神伊娜娜的神話裡，有一天伊娜娜決定她準備好登上王位了，並接受隨之而來的智慧。她種下一棵樹，被動等待十年，等這棵樹長大之後裂成兩半，這樣就能替自己製作一個寶座，可是有條蛇（新生的象徵）、一隻安祖鳥（知識的象徵）、莉莉絲（叛逆的女性）在樹幹裡築巢，使這棵樹遲遲無法成長（這三個象徵，類似桃樂絲在《綠野仙蹤》裡尋找的心、頭腦、勇氣）。

為了讓自己配得上王位，伊娜娜必須獨力抓捕自己這三個面向的象徵物，可是她卻找兄弟來除掉他們。他屠殺了這些生物，替她打造了王座。他的保護使她遲遲無法踏上自己的旅程，持續留在受保護的安全世界裡。

《綠野仙蹤》

如同先前所提，桃樂絲在黑白的世界裡過著單純的生活。

《鐵達尼號》

如同先前所提，蘿絲過著備受保護和控制的生活。

凱特．蕭邦的《覺醒》

艾德娜是個殉道者，對自己的命運深感憂鬱。故事開場時，她正在海邊避暑別墅拜訪上流社會的朋友。儘管丈夫生性刻薄，她還是試著享受樂趣。她和羅伯特走得很近，這位「女性之友」類型的男人和她丈夫完全相反。她既有錢又有空閒，還有丈夫和孩子，原本應該快樂滿足又感激，卻流露出一絲絕望。

性別偏折：《美國心玫瑰情》

電影開場的時候，我們看到全家福照片，知道這是個完美的家庭。我們看到全家坐在一起享用完美的家常菜，但不久後就意識到事情遠非如此。

正如男主角萊斯特所說：「我真希望告訴我女兒，她的憤怒、不安、困惑都會過去，可是我不想對她撒謊。」

萊斯特這輩子都在朝九晚五中忙著自己討厭的工作。有一天他突然醒悟，意識到自己的一生只是騙局一場。

如果按照別人的標準來評斷何謂成功，那麼事業成就根本毫無意義。他只是為了有工作而找工作，順著企業的升遷管道往上爬，但連他都不確定自己是否想爬上去。

▽陰性旅程「第一階段」的寫作竅門

- 想出至少五個不同的場景來展示「完美世界」。如果辦公室是她的完美世界，想想她週間會去哪些地方，挑出當中最有創意的那個。
- 每天早上九點半，她可能會在辦公室後面的巷子裡抽根菸，準備好心情去應付難纏的老闆。她可能是唯一一個每天下午都到食堂去找工友、吃個葡萄果凍的醫師。那些工友後來可能會助她一臂之力。
- 記得，要在這個階段將主角介紹給讀者，並且設定故事的主題。
- 想想開場以前，這個角色有過什麼經歷，有時候會有幫助，可以為開場增添色彩，或是讓人對主角有更多認識。她帶孩子做上學前的準備很吃力嗎？她的車子拋錨了嗎？她是不是中了彩券？她是否認識了一個很棒的男人？

第二階段：背叛或領悟

莎拉從自己的玻璃泡泡裡望著天空，大朵烏雲在她前方出現，擋住了燦亮的陽光。

由於害怕黑暗，她從窗邊退開。雷電越逼越近。轟天巨雷在她的泡泡上劈出大洞，玻璃碎片在她四周噴飛。

玻璃泡泡裂出大洞，生命的汁液灑濺在地面上。主角重視的一切全都被帶走，她被迫站在十字路口，一定要在這兩者之中做出選擇：走進世界、積極面對自己的恐懼，或是留在原地、成為被動的受害者。她受到社會、她自己或反派的背叛。這個階段也稱為「引發事件」（inciting incident）。

對那些由情節推動的「角色導向」故事，例如懸疑故事，會以懸疑元素作為她內在衝突的隱喻。在她試圖破解案子時，懸疑可以帶她經歷所有的階段。她受到的背叛更像是一種體悟，意識到自己想從人生中得到更多，即使那只是為了有所改變而去做對的事並破解犯案。這趟旅程依然會讓她面對自己的心魔。

這個背叛帶來如此重大的影響，主角無法視而不見。它直視著她，她非得處理不可。她領悟到，人生跟自己原本想的不同，沒有穿著閃亮盔甲的騎士會現身救援。

這個階段要設定風險，提供主角動機以改變她的個人世界。她曾經嘗試適應的體制，不如她所期望的那樣對於她的努力給予獎勵。她遵照所有的規則行事，卻還是輸得一塌糊塗。她的世界隨之瓦解。

主角自問：「這有什麼意義？我為什麼在這裡？這一切又是為了什麼？」在這個階段，她企圖重組自己的生活，可能會因此精神崩潰或是沉溺於藥物。這個階段會賦予角色動機，推動整個故事直到結束，所以必須是強大的動機。她不能只是抹滅或輕易忘記她經歷過的事。

角色過去選擇的因應策略在此瓦解。那個因應策略不再有效，她的人生和過去篤信的一切全都改變了。她的某個社會角色（例如母職）因而畫上句點，她無法倒轉時間去改變。

天真策略

這名女子受到傷害或虐待。照顧她的好友或家人過世了。一場大危機將她的世界攪得天翻地覆。

她失去了工作、房子或金錢。

在《綠野仙蹤》裡，叔叔沒有保護桃樂絲的小狗托托免受惡劣鄰居的欺負。鄰居想致小狗於死地，桃樂絲覺得被叔叔背叛。她覺得孤苦無依。事實上，她無父無母——他們死去並拋下她一人，也算是背叛了她。

灰姑娘策略

這名女子失去男人的保護或支持。那個男人可能死了。

在《亂世佳人》裡，郝思嘉被那些拋下她去參戰、去照護傷兵的男人背叛。她也遭到自己深愛的衛希禮背叛，他最後娶了別的女人。

例外策略

升遷機會出現時，這名女子沒受到重用，或是遭男性同儕背叛，證明她不如男性或這些男同事。她進不了男人的世界。她失去一筆大生意。她因為無法兼顧事業和婚姻而失去婚姻。如果她參與的是教會事務，她得知自己當不成牧師，進而質疑整個信仰，因此失去對神的信心。

在《上班女郎》裡，泰絲．麥克吉爾被男友背叛，回到家發現他和另一個女人同床共枕。她也被凱薩琳．帕克背叛，後者在泰絲的報告上寫上自己的名字，搶走她的功勞。

取悅策略

這種女性發現自己遭人踐踏。大家會利用她，有些人甚至會貶低她，說她「只不過」是個母親、祕書、助理等等。她覺得自己嚴重受到輕視。她甚至會因為撥時間生孩子而受到處罰。

在《末路狂花》裡，泰瑪先是被對她卑鄙惡劣的丈夫背叛，後來又碰上想強暴她的男人。她一向客氣有禮，永遠看不出自己逐漸步入險境。

失望策略

這種女性通常會受到有權有勢的人嚴重壓迫。她可能會覺得自己被逼到牆角，無論朝哪個方向移動，都躲不開即將到來的攻擊或羞辱。

在《鐵達尼號》裡，蘿絲受到父親的背叛，因為他揮霍掉家族的財產，死時留得妻女倆身無分文，接著母親強迫她跟她不愛且性情暴虐的男人訂親。她長久以來顯然一直對別人言聽計從。未婚夫對她動粗的時候，她決定自殺。全世界都背叛了她，連女性身分也背叛了她，因為她覺得身為女性的自己永遠無法實現騎馬和探索世界的夢想。

如果你的角色面對「我的人生到底有何意義？」的內在質問，那麼她就會願意朝著改變邁進，並面對那些在旅程上頻頻潑她冷水的反派。我們會在下一階段討論這一點。

這個階段，我們要設定反派角色。首先要確定這一點：反派，也就是背叛主角的人，必須有充足的理由做他所做的事。

想想《沉默的羔羊》裡，反派漢尼拔多麼令人難忘。他不只是個精神失常的人，有些時刻神智極度清晰、展現高度專業能力，幾乎令人萌生好感。

反派從不相信自己是壞人或做錯事。他們不論做什麼，背後都有具體的理由，而且真心相信自己是對的，其他人都是錯的。

在《鐵達尼號》裡，蘿絲的未婚夫相信自己真心愛她，認為蘿絲能跟他在一起是她的福氣。他甚至為了證明這一點，送她世上最昂貴的項鍊。他覺得自己挖空心思取悅她。他相信他為她做盡一切，她卻不知感激。

▽第二階段的範例

《伊娜娜冥界之旅》

伊娜娜受到的背叛之一來自智慧之神。有一天，伊娜娜去拜訪他，「她以青春的大膽無畏，吹噓說會賜福給他，但他依然要求僕人將這個稚嫩的年輕女子當成如他一般尊貴。」

在為時整個下午的宴飲過後，他開懷地將他所有的聖物都餽贈給她。她接受他的禮物，開心帶著它們離開。當他酒醒發現自己的寶物都不見了，暴跳如雷，差遣僕人去找伊娜娜討回禮物。伊娜娜聽到這個消息時備受打擊。「她覺得他是暴君、騙子、大說謊家。」

她憂鬱受創，意識到這片土地的狗兒都有家，貴為女王的她卻沒有可以稱為家的地方。當初就是天空之神恩利爾（Enlil）讓她成為流浪者。「他讓我——天國的女王——內心充滿驚恐……小狗跪在門檻前，而我……我連門檻都沒有。」

吉爾蓋宓須也與她為敵，為了竊取她的權力而羞辱她。

烏魯克（Uruk）的畜牧之神杜穆茲（Dumuzi）追求她，但她有好幾次都說自己不愛他，想嫁給一個農夫，而她的母親和兄弟還是不理會她的意願。

《綠野仙蹤》

如同之前提過，桃樂絲覺得被叔叔背叛。叔叔並未保護托托小狗，免受惡劣鄰居的傷害，那個鄰居想致托托於死地。她也覺得被父母背叛，因為他們並未陪在她身旁。

《鐵達尼號》

如同之前提過，蘿絲受到父親的背叛，因為他揮霍掉家產。她也受到母親的背叛，因為母親替她安排了一樁婚事。

凱特．蕭邦的《覺醒》

艾德娜的丈夫在外打撞球打到很晚。他在鎮上的時候，從來不怎麼在意她。他一回到家就會情緒低落，無來由地責怪她對孩子們不夠慈愛。丈夫想控制她的一舉一動，社會則期待她能滿足於母親這個角色。其他女人完美地執行母職，使她顯得格格不入——丈夫、社會、其他女人都背叛了她。

性別偏折：《美國心玫瑰情》

在職場上，萊斯特向來習慣取悅別人。他明明厭惡自己的工作，卻為了保住工作而時時面帶笑容、隨波逐流。他被喚進新老闆的辦公室，被告知要寫出自己對公司的價值何在，才能決定要不要繼續聘用他。在那裡工作了十四年卻受到這樣的對待，他憤慨不已。他覺得不被需要、不被欣賞，覺得自己一無是處。當天晚上回家的時候，我們可以看到他的家人也讓他有這種感覺。他向來採取被動的角色，不曾握有主控權。

▽陰性旅程「第二階段」的寫作竅門

- 到了背叛的尾聲，讀者應該會想問：「她現在會怎麼做？」
- 為了幫忙營造懸疑、可信度和背叛行為的戲劇性，提出這些問題：
  - 。能不能加一個角色，也許是家庭成員，來營造懸疑感？
  - 。反派塑造得夠不夠完整，讓他的行動具有可信度？
  - 。能不能改變背景、時間，甚至是主角的原型，讓故事更有戲劇性？
- 確保反派有足夠的理由那樣對待主角。
- 能不能增加其他配角，以製造更多衝突？
- 演員艾伯特·布魯克斯（Albert Brooks）的那些喜劇電影，將這個階段用得淋漓盡致。他在《迷失的美國人》（*Lost in America*）裡的角色得不到升遷，在《天才老媽》裡失去了妻子，在《第六感女神》（*The Muse*）裡失去了事業和創意。

第三階段：覺醒——為旅程做準備

突然有人出現，要協助莎拉重建她的玻璃泡泡，但是代價非常高昂。她在考慮該怎麼選擇時，注意到有一條崎嶇難行的路可以離開泡泡。她頭一次呼吸新鮮空氣時，領悟到自己不值得拿所剩不多的錢重新打造泡泡。

她引頸眺望，想知道那條路通向何處，但是路消失在地平線上。她依然決定冒險前行。好幾個人試圖勸阻她，強調沿途的玻璃碎片有多尖銳。

莎拉看不出路通往哪裡，她蒐集自己覺得途中用得上的工具。她向身邊的人們道別時，獲得了盟友。不論她自己是否意識到，她都有支持她的朋友。

主角遭到背叛或是對自己的人生有了殘酷的體悟。她現在會怎麼做？絕望和無助讓她陷入憂鬱、憤怒、怨恨。她可以選擇消極的路線，然後：

- 責怪別人。
- 責怪自己。
- 以受害者自居並問：「為什麼是我？」
- 保持忙碌以逃避現實。
- 決定像《鐵達尼號》的蘿絲那樣自殺。
-

另一方面，她可以選擇積極的路線，將背叛視為：

- 一個教訓。
- 一項邁向自由和改變的邀請。
- 一個追求個人夢想的挑戰。

手處理。她起初可能會以消極的方式來因應背叛，或可能因為失去那麼多光陰而憤怒，但是不久就決定著

如果她迷失在消極的回應裡，另一個角色可以將她帶回正軌，但唯有主角自己決定採取行動，才能創造轉捩點，設定主要目標，推動故事發展，永遠改變自己的人生。她已經決定對自己想要的說「好」；更重要的是，對自己不想要的說「不」。

這時候，很多角色會紛紛跳出來告訴她，說她無法實現目標，說她需要幫忙，或者說她瘋了。在某些案例裡，是她自己內在的批評聲音試圖扯她的後腿。但她因為遭到背叛所受的衝擊，會促使她克服這種負面的聲音。

如果她運氣好，會有個角色支持她，藉由問她「你為什麼讓他們這樣對你？」來敦促她往前。不要帶進一個英雄來替她翻轉局面，否則她永遠無法踏上自己的旅程。

她可能會：

- 放棄女超人的神話，拒絕呵護家裡和職場上的每個人。
- 對自己所愛的人實話實說，不管後果如何。
- 開口要求她一直想要的加薪，或是主動要求承接特別的案子。
- 設下新的界限。
- 開創事業或放手事業。
- 同意作證不利某人。
- 決定追查凶手。

- 為了尋找自己而四處遊歷。
- 在別人要求她保持沉默時發問。
- 決定為自己的信念而戰。
- 堅持自己確實看到了東西，即使那是幽浮或鬼魂（她的女性直覺不願被壓抑）。

不論是什麼，這個決定改變了她的人生，將她推向具體的目標。這個階段算是某種逆轉。主角在這個階段所做的決定，永遠改變了人生的走向。

▽終結原來的因應策略

在這個階段，不論她過去在「完美世界」裡運用什麼因應策略，現在一概派不上用場。唯有拋棄這個策略，她才能完全進入自己的原型與所有的特質。這個因應策略讓她看不到自己遭受的背叛。她走進自己的原型，運用它的條件來幫助自己。

想想《末路狂花》裡的泰瑪。她覺醒之後，決定和露易絲繼續上路。她頭一次不在乎丈夫會說什麼，也不在乎自己的行為會有什麼後果。自由指日可待。

▽為踏上旅程做準備

這個階段的另一部分是為踏上旅程做準備。

看不到道路通往何處，主角蒐集了她認為途中會派上用場的工具。她向身邊的人道別時，不論她是否意識到，她都得到了盟友。她心中有一份清單，如果需要幫忙，她認為清單上的人都會出手援助。就像隨身帶著提籃的小紅帽，主角也找到她認為需要用來求存的工具。問題是，她依然在尋找身外之物來幫忙自己。

她的準備工作包括：

- 道別。
- 針對自己該怎麼做，詢問他人的意見。
- 蒐集武器——槍枝、錢財、偽裝。
- 將她受到的不當對待記錄下來，就像性騷擾的受害者或被跟蹤的人必須做的。
- 蒐集衣物和其他配備。她認為自己需要借重這些東西，才能擁有美麗的外表或專業的樣貌，像《上班女郎》裡的那些女性那樣。

如果她是個社會運動家，可能會蒐集工具，將自己鍊在她想挽救的樹木上，或是製作寫有激進標語的牌子。如果她對抗的是大公司，她可能會複印檔案和數據。如果她是逃離暴力丈夫的母親，離開前會帶上孩子、衣物和錢。

有了這些武器，主角更有安全感，但是小紅帽的提籃裡沒有任何東西可以讓她免於被大野狼吃掉。事實上，可以幫上她的是勇氣和機警，可是她對自己還沒有足夠的信心。

一個導師可能會現身，但手上往往沒有主角需要的所有資訊，因為她的旅程必須深入自我、找出自己的力量，而不是仰賴他人。

所有的怪物和暴君都會紛紛現身：

- 自我懷疑悄悄爬上心頭，她暗想：「也許他們說得對，我辦不到。」
- 別人告訴她，她不夠聰明、準備不足，說她想得到的訊息是她不需要的、等於在浪費時間。
- 男主角現身，替她扭轉局勢。男人被教導在人生的旅程上，必須協助與拯救女性，可是這麼一來，女性就無法踏上屬於她們自己的旅程。
- 還有一種作家亞卓安．芮曲（Adrienne Rich）所稱的「願意理解的男性」。這類男性假裝能夠理解女性的遭遇，卻抽手不再支持她。在她覺醒以前，他狀似同情她的主張，但情勢一旦棘手起來，他就棄她於不顧。
- 規則改變了：
  - 她的工作量突然倍增，使她無法完成旅程。
  - 學校可能會調整政策，讓她難以取得學位。
  - 卑鄙的騙徒會亮出她搆不到的誘餌，像在告訴她：「來啊，浪費妳的時間來拿啊。」
  - 車管局將她的新住址洩漏給糾纏她不放的人。
- 她可能因為害怕傷到別人而卻步。
- 她因為無法說「不」而惹上麻煩。
- 她捲進了別人的糾紛裡。

▽第三階段的範例

《伊娜娜冥界之旅》

伊娜娜意識到自己不能再為了他人對她所做的事而哭泣，要由自己來掌控全局。她一定要降至冥界、面對自我。

「為了自己的旅程做準備，伊娜娜將七個『我』（Me）集合起來（既為文明的特徵，也呼應了七個脈輪[3]）……她將它們化為女性的魅惑，像是皇冠、珠寶、禮服，穿在身上當作防護。伊娜娜怕自己無法從冥界回來，指示朋友尼秀布（Ninshubur）去提醒她的『父輩』她的存在。」

《綠野仙蹤》

桃樂絲打開家門，看到歐茲王國的鮮豔國土，彷彿第一次睜開自己的雙眼。她要在沒有家人陪伴下獨自踏上旅程，他們一直太過保護她。

《鐵達尼號》

母親選定的未婚夫對自己暴力相向時，蘿絲終於覺醒，她看著附近一張桌邊穿著白色褶邊洋裝的小女孩，彷彿看到自己。別人要這個小女孩坐直身子，以得體的方式拿餐巾。女孩被剝奪了童年，而蘿絲被剝奪了身為女人的成年。

3　參見二四八－二五〇頁的第四階段七個問題。

蘿絲意識到，她將永遠無法成為自己渴望的那種爽朗活潑的女性。蘿絲改變主意，決定去見社會階層較低的藝術家傑克。家人禁止她和傑克接觸。她敞開雙臂站在船頭，由他從背後摟著。她告訴他，自己信得過他。她還當傑克作畫的裸體模特兒，恍如破繭而出。

凱特・蕭邦的《覺醒》

艾德娜和羅伯特一起到海裡游泳，雖然這麼做並不恰當。令感官愉悅的海浪包覆她的身體，她開始意識到自己在世界上有一席之地。她向拉蒂諾爾夫人傾吐心聲，在準備改變的時候，她想找個可以交心的姊妹淘，但事與願違。

萊茨小姐出現了，扮演導師的角色，可是她警告艾德娜，如果想挑戰習俗，就要像她那樣承受社會的孤立。

性別偏折：《美國心玫瑰情》

萊斯特無意間聽到女兒和她朋友討論他。他衝進車庫找到啞鈴，褪掉全部的衣物。他仔細打量赤裸的自己，然後開始健身。他跨出了改變人生的第一步。

▽陰性旅程「第三階段」的寫作竅門

- 創造好幾種類型的配角，來打擊主角的決定。受到最親近的人嘲笑，有時候打擊反而最大。她尊敬什麼人？

- 記得用具體行動展現主角的覺醒，而不要用敘述的。讓她主動展現她做出的決定。她貴為副總，老闆還總是差遣她去泡咖啡？也許她把咖啡倒在他的大腿上，然後扭頭走出去。想一想，和黑白的堪薩斯州比起來，多彩的歐茲王國有多麼不同又充滿朝氣。
- 主角在此捨棄自己的因應策略。
- 到這時候，讀者應該都已經知道所有主要的配角，不論主角認識他們與否。

第二幕：翻轉

第四階段：下降——穿過審判的大門

莎拉在玻璃泡泡外頭有點不自在，可是她注意到外頭的空氣清新多了。她抓起武器，站在冥界的大門處。她面對阻撓她的恐懼，對試圖攔阻她的騙子和暴君說「不」。

她穿過大門、走下階梯，看到那裡還有六扇門在等著她。現在要回頭已經太遲。在接下來的每扇門前，都有個守門員走出來、拿走她的一樣武器，最後她手無寸鐵，獨自佇立黑暗中。

既然主角已經做出翻轉人生的決定，她必須面對隨之而來的改變。她試圖往前邁進時，可能也必須面對社會的種種假定：女性是軟弱、被動、無力的。

主角面對自己的恐懼之一，這個障礙遠比自我懷疑更有風險。她可能想要循著旅程的原路返回。她試著使用自己的武器——操縱、勒索、性、混亂的過去、傷口——可是都起不了作用。她穿過一扇又一扇的審判大門，每次都面對一項恐懼，並且在過程中失去一件武器。她原本以為可以用來拯救自己的外在配備，全都被拿走了。

記住，主角在這個階段面對的，只是她在第六階段「死亡」即將面對的事物的前兆。在這個階段，《綠野仙蹤》的桃樂絲對於在家人需要她的時候離家，覺得很愧疚，但是到了第六階段，她要面對的愧疚卻是她的離家差點害死了嬸嬸。在第六階段，風險變得更大了。

在《伊娜娜冥界之旅》裡，伊娜娜穿過七扇大門，在每扇門前失去身上的一件飾物或是象徵女王身分的物件。這七扇大門好比人體的七個脈輪，好比靈性之旅中被逐出人體的七個魔鬼，以及彩虹的七個原色。

在這個階段，主角往下降，這七個問題（issues）可以用來讓情節點變得有血有肉。所有的原型可以在他們的旅程上面對這些問題。她要面對哪些問題，而這些問題如何融入情節，都由你來定奪。

面對恐懼、生存、找到安全感和保障：

主角是否因為害怕遭到拋棄而懼怕親密感？她是否害怕依賴別人？她是不是把自己逼得太緊？她能不能養活自己，替自己找個遮風避雨的地方？她在逃避什麼恐懼？

面對愧疚、表達性欲和情感、認清自己的渴望：

主角是否想要拒絕，卻因為害怕被排擠而說不出口？她是否寧可跟別人保持距離？她是否會主動破壞關係？她是否很難畫清界線，因為不想惹別人生氣？她知道什麼可以讓自己開心嗎？她對什麼有所愧疚？

面對羞愧、定義權力和意志、找到自己的認同：

主角對自己很嚴苛嗎？她是不是完美主義者？她想擁有控制別人的權力，或是和他人共享權力嗎？她是否施展了意志力？她是否試圖控制一切？她對金錢的感覺如何？她是否過度放縱？她對自我是否有意識，或是面臨認同危機？她為什麼覺得羞愧？其他人是否刻意羞辱她？

面對悲痛、付出和接受愛、維持關係、接受自己：

主角覺得自己格格不入嗎？她在社會情境裡是否覺得不安？她是否需要其他人告訴她應該怎麼做？她如何對待其他人？她能否維持長久的關係而不加以破壞？她是否接受自己的本貌？她對什麼覺得悲痛？

面對謊言、溝通、表達自我：

她能否說出自己的心聲？她害怕與眾不同嗎？她是否叛逆、過於活躍？她是否相信其他人對她的負面評價？她對自己說了什麼謊言？別人對她撒了什麼謊？她覺得困惑嗎？她是否壓抑了自己的創意？

面對假象、看重直覺和想像：

主角是否害怕看清自己是誰，害怕將事情看得太透徹？她是否拒絕接受事實？她是否缺乏想像力？她是否忽略自己的本能和直覺？她是否覺得自己配得上她原型的正面特質？她相信什麼假象？

面對依戀、自我覺察：

主角是否心胸開放？是否盲目聽從別人？內在的批評聲浪，是否讓她無法獲取成功和承擔責任？她是否接受人生帶來的教誨？她能否從自己的錯誤中學習？她能否理解自己的經歷，明白自己的行動有何後果？她能否察覺自己的動機？她是否對家庭或工作過度依戀，而無法認清自己？

最終，主角必須捨棄所有的控制，並在下降的過程中，徹底交出自己和所有的武器。被剝除了所有的因應機制之後，她一定要面對自己的心魔。如果羞愧對她來說是個問題，她就會受到羞辱，這樣她才能夠學習面對並得到治癒。如果生存對她來說是個問題，她會失去原本的收入來源，這樣她之後就能學會養活自己。

想想《綠野仙蹤》的桃樂絲——家園和家人對她來說至關緊要，是她賴以生存的事物。她發現自己孤單一人在歐茲王國，家園和家人全都不見蹤影。情節的重點放在她尋路返家，而下降的重點在於她面對自己的恐懼，面對拋下嬸嬸的愧疚感，面對森林裡以及歐茲王國裡的種種幻象，結交新朋友，建立關係。

主角必須放棄陽性旅程的那種反抗路線——那條路線往往抗拒事情的自然走向——而是進入領受（allowance）的道路，順著事態的發展走，泰然自若地接受。現在她需要找到的是腦袋和勇氣——就像桃樂絲找到象徵「腦袋」的稻草人、象徵「勇氣」的獅子。後來當她往上升的時候，就會學習擁有錫樵夫的「心」，讓她能用惻隱之心調和自己的勇氣與腦袋。

她一定也要學習信賴自己的直覺。直覺會叫她不要信任某個人或某種情勢，否則會被拉入歧途，打開哪裡也去不了的門。

她會遭遇頭一回跟反派或反派的手下面對面，勉強逃過一劫。她被擊倒，覺得無法再多撐一刻。這不是她想要的結果。

即使只是短短一瞬間，她會緬懷過去，覺得當時的生活容易得多。她甚至會想返回舊世界、安全的世界。這就是為什麼舊世界必須刻畫成一個對她不利的地方。背叛（或領悟）必須夠痛徹，才能讓她走完這一番經歷。她會渴望熟悉生活的舒適感，並將手上的資源盡最大的利用。她會想退而求其次，不堅持追求真心想要的。

以下舉幾個例子：

- 如果她辭掉目前的工作，可能找不到下一個。帳單越堆越高。她被逐出家門。（生存）
- 如果丈夫離開她，她會覺得孤獨憂鬱。當她的感情生活不順遂時，丈夫可能會試圖回到她的生活。（排擠和寂寞）
- 她可能被迫面對以語言或肢體攻擊她的人。（權力）
- 她可能為了拯救某人或挽救某物，必須面對羞辱和傷害。（羞愧）
- 她可能必須放棄擁有與所知的一切，逃之夭夭。她可能必須鼓起勇氣前往新的城鎮或國家避風頭。（依戀）
- 有些經歷可能讓她覺得自己跟其他人不同，也許是神祕或超自然的經歷。（幻象和直

覺）

- 她可能已經發現凶手的住處，但趕到那裡時卻目睹一名受害者死去。她雖然一敗塗地，但開始尋找線索。（愧疚）

她就像提著籃子的小紅帽，籃子裡沒有東西可以用來對付大野狼，只有腦袋和勇氣可以給她力量，讓她毫髮未傷抵達奶奶家。

恐怖片裡經常可以看到這個階段。女主角遇到凶手，凶手緊追她不放，她因此開啟了地獄之旅。想想電影《月光光新慌慌》裡的洛莉斯・特羅德（潔美・李・寇蒂斯飾演）。她手無寸鐵，卻必須從這場磨難中存活下來。

▽第四階段的範例

《伊娜娜冥界之旅》

伊娜娜往下降，在七扇大門的每一扇門前接受審問，她不得不褪下衣飾、受到羞辱。從她身上取走的每件衣飾，原本都穿戴在她的脈輪中心上[4]。

她的七個「我」（文明的特徵）從她那裡被拿走，最後她赤裸裸站在黑暗女神伊瑞虛堤卡（Eresh-kigal）面前。她過往的幻想、虛假的認同和防禦，在冥界裡全部毫無用處。她說自己想藉由目睹別人

4 參見二四八－二五〇頁，主角面臨的那七個問題。

的葬禮儀式，而非親身經歷死亡，來獲得駕馭死亡的力量與知識，「……但是進入冥界有可能只會讓伊娜娜目睹一場葬禮——她自己的葬禮。」

《綠野仙蹤》

桃樂絲得到在旅程中可以派上用場的紅寶石鞋子。她斗膽走進森林，沿途遇到好幾個幫手。他們一夥人遇上西方壞女巫，女巫試圖燒掉稻草人。桃樂絲告訴她：「我不想惹麻煩，我們已經走了好長一段路！」女巫答道：「才走這麼點路妳就說長？妳們才剛開始呢。」接著他們決定走進黝暗森林，裡面滿是嚇人的野生動物。

《鐵達尼號》

蘿絲和傑克穿過郵輪的內部往下走，她未婚夫的手下窮追不捨。他們一起躲了起來，她撩撥他。傑克被誣陷而遭到逮捕。蘿絲拒絕登上救生艇，冒險搭救傑克。

凱特．蕭邦的《覺醒》

萊茨小姐彈奏鋼琴，釋放了艾德娜痛苦的情緒。她又到海裡游泳，往外游得太遠，一時陷入恐慌。她跟丈夫說了這件事，但他說自己一直守望著她。

她的內心產生變化，決定考驗兩人的婚姻。晚上她丈夫要她進屋裡，她不願服從，他使手段扭轉局面，自己在外頭逗留許久，直到她應付不來，不得不先進屋裡。她試著砸壞自己的婚戒、不肯陪他出差、拒絕和訪客會面，也拒絕維繫社交生活，她決定把自己的時間都花繪畫上。她丈夫去找醫生，想知道她為何突然談起平權。

性別偏折：《美國心玫瑰情》

當萊斯特告訴妻子「這場婚姻多年來有名無實。只要我閉嘴不說話，妳就高興了……可是我已經變了」，他開始往下降。他去慢跑、抽大麻，妻子試圖阻止他。

萊斯特辭掉工作，勒索老闆。他回到家，晚餐時在餐桌上大吼大叫，亂丟食物。他買了名車龐帝克火鳥，因為這是他一直想要的。他試著找到自我。

▽陰性旅程「第四階段」的寫作竅門

- 記得在這裡要提高主角內在與外在衝突的風險。她的原型會用到什麼優點？她會仰賴的缺點是什麼？
- 既然這一階段由內在衝突所驅動，找到五個方法將角色的感受呈現出來。比如，人們面對所愛之人死亡時，往往會回家清理櫥櫃，彷彿想要整頓自己的生活和情緒。同理，想想可以用什麼方式讓主角的感受外顯。
- 記住，在這個階段，她的恐懼會被用來對付她。
- 想出幾個她必須面對的恐懼。記住，她會在第六階段「死亡」面對自己最大的恐懼。
- 這個階段以小高潮作結。

第五階段：暴風眼

莎拉癱倒在地下室地板上。她在黑暗中傾聽聲音，但四周一片靜寂。她如釋重負嘆了口氣，稍微放鬆肌肉。她回想過去，明白自己並未踩到尖銳的泡泡玻璃碎片。她毫髮無傷、安然無恙。

她看到遠處有一道光，心想那道光會通往另一邊，以為自己的旅程已經完成，直到腳步聲逐漸接近。

正視自己的恐懼，或許也勇於面對反派，之後主角漸漸接受了發生的一切，她覺得自己事事皆打理妥當。她有種虛妄的安全感。不知怎的，她勉強撐了過去。認為這就是旅程的終點，一時放鬆下來。不過，她沒辦法那麼容易脫身。她依然必須採取行動，積極追求目標。正視問題還不夠。目前，她舔舐自己的傷口，自我安慰，急著要回家告訴大家她經歷過的一切。

她嘗到了一點勝利的滋味。不論它多麼虛妄，之後點燃了她想再次爭取成功的動機，心知成功的感覺多麼美好。她暫時覺得安全。有時候，讀者會得到旅程尚未結束的暗示，尤其如果這本書還讀不到一半！

以下舉幾個例子：

- 她被告知，不去作證的話，就能保住人身安全。
- 她和戀人在一起，再次覺得一切安好。

- 她完成了長久以來想做的事，可能會用這件事來代替她真正的目標。
- 也許她丈夫回到家來，而他是化解她寂寞的簡單方法。
- 虐待她的人被逮捕了。
- 她被告知她終將獲得升遷。
- 她被告知不要擔心，因為一切都結束了。
- 她被告知，她真的很受重視，事情全是她幻想出來的。

這種虛妄的安全感，經常以蒙太奇或連續鏡頭（scene sequence）來呈現幸福和希望。主角稍微放鬆，可能會冒個不該冒的險。反派從遠處笑看一切，一面密謀與等待著。配角想帶她回家。他們害怕，要是她打破大家置身的窠臼，他們自己會有什麼遭遇？要是她成功了，他們的世界也必須隨之改變。「如果她成功離開，我們又該怎麼辦？」他們暗想。「我們到時就沒有藉口留在自己的完美世界裡。」

她可能會遇到處境似乎比她更慘的人。她也許會幫助這個人，心想自己來這裡就是為了助別人一臂之力。她不用親身經歷，但不久她就會領悟到，親身經歷痛苦才是唯一的出路。

▽第五階段的範例

《伊娜娜冥界之旅》

伊娜娜遇見黑暗女神伊瑞虛堤卡，目睹一場葬禮儀式，兩人一起哭泣，淚眼相對。她認為自己很成功，因為伊瑞虛堤卡歡迎她，而且她是唯一親眼見到伊瑞虛堤卡卻存活下來的人。她覺得很安全。

《綠野仙蹤》

桃樂絲踏進光明中，穿過有毒的罌粟花田，站在歐茲王國的大門前——她和她的朋友辦到了！他們獲准進入歐茲王國，受到皇家貴賓般的禮遇。

《鐵達尼號》

蘿絲登上救生艇，心想傑克之後也能登上別的救生艇。他們倆似乎能從這場磨難存活下來，但她心存疑慮。

凱特．蕭邦的《覺醒》

艾德娜的丈夫出差去了，將孩子送到爺爺奶奶家。艾德娜獨自一人，安靜又滿足。她結交新朋友、嘗試新事物。她在馬賽上贏了錢，結識了名叫艾羅賓的男人。

她決定獨自搬到一間較小的房子去。她想自力更生，不要從屬於丈夫。

性別偏折：《美國心玫瑰情》

萊斯特似乎這輩子第一次感覺到快樂。他天天慢跑、身強體健。他有機會可以跟那位惹他遐想的年輕女孩上床，但他做出高尚的決定，拒絕了對方。他似乎振作了起來。

▽陰性旅程「第五階段」的寫作竅門

- 想出不同的方法，讓她覺得安全、給她虛假的安全感。
- 這個階段最適合製造懸疑。主角覺得安全，但讀者不必相信她是安全的。
- 嘗試用伏筆來暗示事態不久後就會分崩離析。
- 反派在這個階段看起來可能很挫敗，但你要為他安排一條出路。
- 就像伊娜娜，她可能認為自己去那裡是為了協助他人度過難關，卻沒有意識到，現在她必須透過自己的痛苦才能找到唯一的出路，而且不會有人牽著她的手陪伴她。

第六階段：死亡——全盤皆輸

莎拉聽見腳步聲越靠越近。她手無寸鐵。她退進角落、蜷起身子，一個高大的人影靠上前來嘲弄她。

空氣中瀰漫著腐敗的氣味，滿地泥濘。她為什麼要來這裡？現在已經了無希望。「我放棄。我辦不到。」她翻身躺臥、閉上雙眼。她沒有力氣可以奮戰了。

突然間，反派回來了，一切有了大翻轉。她以為都結束了，以為能以新人之姿返回自己的生活，但此時過去的一切全又重演了。這個階段就像個逆轉，以黑暗的時刻作結，彷彿無力回天。社會勢力依然可能不利於她——一般認為被推倒的女人無法站起來，其他人可以從拯救她得到滿足感。她嘗試自立的時候，不會得到支持。

反派不再笑看一切。他覺得受到她的成就所威脅，想要摧毀她。他看出她的內在風暴已經替他省下一半功夫，他只需要推她一把，打擊她，強化她的弱點。他對她拋出另一個背叛，或是讓她自覺愚蠢，就像個受排擠的隱形人。

- 她被逮到，受到羞辱，被丟下來等死。一切都結束了。她這趟旅程終究沒能成功，她接受了自己的失敗。她四處徘徊，對事態的發展困惑不已，無法理解哪個環節出了差錯。她看不到在另一邊等待她的餽贈。
- 如果丈夫已經離開她，這個階段她會看到他的身旁有別的女人，同時也失去其他東西——工作、住家、金錢。
- 如果她曾經遭受攻擊，這個階段她會面對攻擊者。當對方被釋放，風險隨之提高。
- 如果她在工作上遲遲不受提拔，這個階段會有人得到晉升。他們在工作檔案裡假造資訊來抹黑她，這樣就有理由免她的職。
- 她發現自己不只受到踐踏，也遭到羞辱，所有資源都被切斷。
- 她再次受到背叛。
- 她可能會有瀕死體驗。

第四階段「下降」，展現了較多的內在衝突和風暴，第六階段則呈現了她和反派之間足以推動情節的外在衝突。小紅帽在森林裡面對大野狼，她現在必須正視這個現實：大野狼吃了她的祖母，正準備也把她吃掉。

這裡很適合加進一位配角，讓主角的處境更加艱困。

不少以女性為主角的小說會在此畫上句點，尤其是維吉尼亞・吳爾芙（Virginia Woolf）和伊迪絲・華頓（Edith Wharton）的作品。她們那個時代的女主角嘗試挑戰常規、反抗社會，可是完全得不到奧援，永遠無法成功走出這個階段。無人挺身支援，也沒人支持她的想法。她要不是選擇死亡、遭到放逐，就是回歸舊有的生活，成為殉道者。

賈桂琳・米察（Jacquelyn Mitchard）的小說《失蹤時刻》（*The Deep End of the Ocean*）裡，主角執意要找回失蹤的兒子，因此進入了下降階段。在死亡階段，主角在憂鬱中沉睡，放棄人生中的一切。迷失在「靈魂暗夜」的經驗裡。

▽第六階段的範例

《伊娜娜冥界之旅》

伊娜娜站在黑暗女神伊瑞虛堤卡面前。「冥界大門那些全知的審判者，察覺伊娜娜內在隱藏著分裂部分（split-off parts），因此判她有罪。伊瑞虛堤卡喊道：『有罪！』伊娜娜因此被殺。」她被吊在木樁上任其腐爛。

《綠野仙蹤》

巫師要求桃樂絲將女巫的掃帚帶來給他，否則就不實現他們的心願。這對她來說是另一次背叛，也是故事裡的一個逆轉。桃樂絲踏上尋找掃帚的旅程，遭到西方壞女巫綁架並判處死刑。

《鐵達尼號》

蘿絲跳下救生艇，奔回傑克身邊。兩人擁吻。他問蘿絲為何這麼做，她回答：「你跳，我就跳，記得嗎？」她只在乎他，甘冒一切風險就為了跟他在一起。有他的陪伴，她勇於面對死亡。電影接下來的重點就放在他們倆困在垂死階段，等待郵輪沉沒。

凱特．蕭邦的《覺醒》

艾德娜趕往朋友家幫忙接生，朋友承受的劇烈痛楚嚇壞了她。她正要離開的時候，朋友告訴艾德娜她已經知道艾德娜與艾羅賓之間的私情，並說艾德娜應該「替孩子想想」。

艾德娜覺得「孩子們可能會將她束縛在悲慘的人生裡」。她回到自己的新家，卻發現摯愛羅伯特已經永遠離開。要是她為了他離開丈夫，必定招來眾人的嘲弄，而他無法承受。

艾德娜赤裸裸站在海灘上片刻。唯一支持她的人，是曾經警告她若要挑戰常規，將會招致孤立的那位女性。艾德娜走進水裡，游向自己的死亡。

性別偏折：《美國心玫瑰情》

萊斯特坐著欣賞一張他們家的全家福照片，一個害怕踏上自我探索之旅的男人射殺了他。社會也不給予男性挑戰常規的空間。

▽陰性旅程「第六階段」的寫作竅門

發揮想像力，看看角色在不同情境裡會如何反應。使用角色原型。不要落入刻板印象的陷阱。不是所有的女人都會在丈夫離開以後陷入憂鬱，有些人可能會出去找一夜情來逃避，有的人可能會買一把槍或是回學校讀書。

找幾集《歡樂單身派對》來參考，看看配角在故事開場的行徑，後來如何在故事末尾毀掉主角的所有計畫。這部電視劇在這方面的技巧已達爐火純青！在這個階段，是否能設計一個配角來落井下石？

第三幕：萌生

第七階段：支持

莎拉躺在冰冷潮濕的地板上，視而不見、聽而不聞。她找不到出去的路。這裡一絲光線也透不進來，她無法分辨左右。

有個聲音對她呼喚，她抬起腦袋。遠處有根火柴映亮一段向上的階梯。樓梯一直在那裡，只是她遍尋不著。她勉強站起來，朝著光點走去。她心想：「我還以為這裡只有我一個人。」

陰性旅程包括個體和集體之間的關係。主角經歷自身的覺醒，願意接受別人的援助。她不會再覺得遭人背叛，因為她已經擁有自己的力量、能夠自我實現，而這些是別人無法奪走的。她就像個囚犯，在牢房裡找到精神上的自由。任何人想怎麼對待她，或是從她那裡奪走什麼，都無所謂。

她接受別人的本貌，並且接納「互相支援」這個女性面向。她開始看出大家共有的同一性（one-ness）。

不少養育過孩子的女性，都因為沒有女性群體可以幫忙而苦惱不已。家庭單位變得如此孤立，可以臨時找鄰居照看孩子的時代早已過去。人多力量大，主角意識到待在群體裡還不錯，即使身邊只有一個理解她的人。

在某些案例裡，比如懸疑故事和恐怖故事，主角發現自己孤立無援，其他人要不是死了就是消失了。在這個狀況下，另一個角色已經備好工具，或是籌備她尋找出路所需要的資訊。她依然得到了奧援。

在其他案例裡，她依然形單影隻，但似乎可以從自己的信念汲取力量，或是讓「神靈」來引導她，就像聖女貞德那樣。

男性主角為了向集體證明自己，可能需要獨力完成任務；女性主角則必須向自己證明自己，然後跟集體分享這份知識。她接受自己身為女性的事實，並將之視為正面。過去她為了活在男人的世界裡，經常試著要成為男人，現在她要定義自己的世界。

主角接受別人的幫助和打氣，而那個人也會因此得知踏上內在旅程有何益處。她的旅程會影響和引導他人，所以她並非接受施捨，而是樹立一個榜樣。配角往往有自己的問題要克服，而主角接受他們的幫助，讓他們得以有所彌補。

▽第七階段的範例

《伊娜娜冥界之旅》

三天過後，伊娜娜的朋友尼秀布在她父輩面前為她求情。除了她的外公恩凱（Enki），沒人願意支持她。只有他看重下降的這條路，派了兩個雌雄同體的生物前往冥界，和伊瑞虛堤卡一同哀悼。她讓伊娜娜復活了，但「沒有人可以毫髮無傷離開冥界。如果伊娜娜希望回到世間，就一定要找人頂替她。」

《綠野仙蹤》

桃樂絲被西方壞女巫逮住，只能無奈等死。她的朋友們——稻草人、錫人、膽小獅子——挺身來救她，透過這個行動，他們各自找到了心、勇氣、腦袋。她有朋友支持和關心她。他們願意犧牲自己的安全來幫忙她。

《鐵達尼號》

蘿絲有傑克，他是她的翻版（象徵角色），代表她活躍且充滿抱負的欲望。他鼓勵她、引導她，但是承認「只有蘿絲救得了蘿絲」。他並未代替她去做這件事，而是提供她改變所需要的空間、知識和榜樣。整部電影裡，她經歷下降階段且面對死亡時，他一直從旁協助。接著他要她保證，自己會活下來，做那些他們說好要做的事。

凱特・蕭邦的《覺醒》

沒有人在艾德娜的旅程上幫忙她。社會太強大，難以對抗，其他角色都不願意為這場旅程自我犧牲。她孤立無援，只能選擇死亡或返回舊有生活和舊有的自我。如果她挑戰常規、過自己想要的生活，就會受到孤立，而她無法面對這樣的孤立。她也無法面對孩子因為她的行徑而受到社會差別待遇。

性別偏折：《美國心玫瑰情》

萊斯特決定改變人生，放棄「真男人」應該有所表現、養家餬口和保護他人的刻板觀念，卻得不到任何支持。他想要找到自我，不想回到原本那個失能的安全世界。

▽陰性旅程「第七階段」的寫作竅門

- 你是否曾經情緒低落，以為全世界只有你有這種感覺，然後意識到有成千上萬的人也正在經歷同樣的狀況？從自己的人生經歷裡尋找構想。
- 確定你在故事的開端就要放進主角的幫手們，這樣他們才不會顯得像是憑空冒出來。他們應該是我們在第一幕就聽到過或在第二幕擦身而過的，這樣他們再次出現時，讀者才會想起他們是誰。
- 主角依然要面對反派，但她已經正視了所有的心魔，現在已經更加堅強，而且準備得更充足。

第八階段：重生——真相的時刻

莎拉收攏所有的工具，再次穿過大門。她踏進光線裡，周遭的一切雖然一如既往，但如今在她看來已經截然不同。

她以正向積極的態度追求目標。她不再是個只知道被動應對生活事件的膽怯小女孩，而是個可以主動出擊的堅強女性。

主角找到自己的力量和決心，充滿熱情地追求目標，現在什麼也阻擋不了她。在這個階段，暴君和妖怪只會遭到嘲笑。她看到了人生的全景，意識到自己永遠不可能回到過去的樣子，而她也不願意。她拍去身上的塵土，抓取新的力量，直直走進虎穴。她不怕死，因為她意識到自己在完美世界裡雖生猶死。

她在暴風眼期間嘗到過成功的滋味，感覺很不錯。現在她什麼都想要。她無法相信自己在下降的過程中曾經考慮要放棄。

主角學會怎麼設下界限、採取行動、傾聽自己內在的聲音。她重新取回自己的身分和武器，領悟到恐懼是自己創造出來的。她找到自己的勇氣，運用腦袋，贏得自己的心。為了達成目標，必須結合這三者。

擁有心並不代表主角無法痛下殺手，如果情節需要，她依然可以殺人。擁有心，意味著有意識、有連結感，為自己的行為扛責。行動時要像日本武士那樣冷靜，而不是像頭野獸一般狂怒。有了心，她便有力量。她的反應不是出於恐懼，而是出於力量和真相。

她的目標伸手可及。她一定要踏出最後一步。讀者應該會這麼想：「她會這麼做嗎？」有時，這個階段會呼應下降階段，在她頭一次和反派面對面的時候。她跨出了最後幾步，展示自己已經脫胎換骨。

她曾經痛哭流涕，現在開懷暢笑；曾經猶豫不前，現在積極熱切；曾經害羞沒把握，現在大膽無畏；曾經凶悍無感，現在關懷體貼；曾經溫和軟弱，現在則是剛強的鬥士。現在，她體現了過往因應策略的對立面。

▽第八階段的範例

《伊娜娜冥界之旅》

伊娜娜從冥界上升回到世間時，伊瑞虛堤卡的兩個魔鬼跟著她前去，想找個替代品。伊娜娜不讓他們帶走她的孩子。她看到自己的丈夫「坐在高高的王位上……利用我的權勢增添自己的分量……拒絕從王位走下來幫助我」，她挑戰他也踏上下降的路程，以死亡之眼牢牢盯住他。魔鬼們便將他帶走。

《綠野仙蹤》

西方壞女巫試圖殺死桃樂絲和她的朋友們，桃樂絲提起水桶朝女巫潑去，反過來解決掉女巫。接著，她要求巫師實現他們的願望，卻發現自己面對的是另一個幻象，因為她識破巫師只不過是個矮小的老人，根本沒有真正的法力。

她學到自己的內在永遠擁有回家的力量。她需要領悟的就是這一點。當她回首自己在旅程上克服過的一切，可以看出自己有多麼強大。

《鐵達尼號》

傑克在蘿絲下降的過程中一路扶持，亦步亦趨鼓勵她。情勢變得艱險時，也不曾棄她而去。他引導她度過磨難，要她屏住呼吸、穿上救生衣。他要她承諾，無論如何都要活下去。他為了她犧牲自己。他死去之後，她放開了他的手，游向安全和自由。她終於能夠振作起來。

在卡柏西亞號救援船上，她有最後一次機會可以回到完美世界，尤其現在傑克都離開了。但她躲開未婚夫，以新身分踏進了新世界。

凱特·蕭邦的《覺醒》

因為艾德娜在旅程上得不到支持，旅程的最後一個階段以悲劇收場。有些人說她選擇自殺，是因為那是她能夠獲得自由的唯一方法，可以算是快樂的結局。

她堅持自己的生命可以由自己親手毀棄，不願接受社會擺在她面前的假象。

性別偏折：《美國心玫瑰情》

同樣地，萊斯特找不到支持，在前一階段被殺害。他的死讓他看清生命的價值，整個故事由死去的萊斯特以倒敘的方式展開。他沒有忿忿不平，而是已經找到平靜。

▽陰性旅程「第八階段」的寫作竅門

- 想出五種不同的方式來呈現她的重生，確定背後都有合理的動機。再次審視她所恐懼的事物。
- 想想可以代表誕生和重生的象徵。你能否用某項物品來象徵她貫穿整個故事的旅程，將它加入背景設定裡來強化主題？
- 一旦這個階段明確起來，你也許需要回到第一幕，添加更多代表她旅程主題的元素。
- 你必須在故事開場加進一些伏筆，填補後來浮現的漏洞，讓這個階段更具可信度。

第九階段：周而復始——返回完美世界

莎拉徹底實現自我之後回到了完美世界。她可以清楚看出朋友們都活在玻璃泡泡裡，一心急著想要幫忙她們。

有個朋友站起來，腦袋撞上了玻璃。她茫然抬起頭，彷彿這是她生平頭一次撞到腦袋。莎拉面帶笑容走向她。

主角回到家裡，明白自己這一路進步了多少。她達到了目標，但她有沒有辦法再次面對完美世界，不被拉近舊有的角色裡？。

這個階段是個小高潮，主角回到完美世界，看清它的真貌。透過她的經歷，其他人也因此改變，甚至被迫正視自己的恐懼。她過去曾經跟她們一樣，現在卻過得更好。這是否表示她們也有可能改變？

通常，她覺醒之前最親近的那個人，受到她改變的影響最大。她可能會挑選某個人踏上旅程，持續這個循環，將自己的經驗跟別人分享。她會支持踏入下一波旅程的人。

許多女性作家覺得自己的故事不是線性連貫的、最終畫下一個句點，而是像圓圈一樣循環下去。有些人表示，女性故事模式根本沒有結局。

女性故事確實有結局。女性確實會達成目標，確實會在人生和人格上做出具體改變，但是在旅程的這個最後階段可以看到，有時候故事會暗示人生將在線性之外持續循環下去。

男主角在故事結尾「抱得美人歸」或得到外在的獎賞，女主角則會得到內在的獎賞，一種持續下去的靈性獎賞。她達成了目標、改變了人生，不代表社會也隨著她改變，還是會有暴君、怪物、種族主義者、性別歧視者，只是她現在具備更多能力來對付這些障礙。

既然故事本身有個結局，讓她得以完成自己的旅程或任務，留給讀者一絲希望：女性可以有所成就並獲得成功。如果你想要寫沒有結局的女性故事，另一個選項就是考慮運用這個階段來建立循環敘事，讓主角在前一階段成功解決問題——即使成功等於捨棄目標。這裡你依然可以提出道德問題，不是每條次要情節都必須環環相扣。

▽第九階段的範例

《伊娜娜冥界之旅》

杜穆慈的妹妹懇求伊娜娜協助杜穆慈。她發誓要承擔哥哥在冥界裡的部分時間，也就是一年當中的六個月。伊娜娜接受了她的提議。他的妹妹寓意著伊娜娜有惻隱之心的那一面：她願意再次下降，協助踏上旅程的人。

《綠野仙蹤》

在書中，桃樂絲回到完美世界。她奔向嬸嬸。顯然已經過了好一段時間，大家都知道她去了某個地方，證實她確實經歷過一趟旅程。她叔叔建造了一棟新房子，象徵著她體驗過的所有改變。她等不及要向大家訴說自己的經歷，而他們也迫不及待想聽。

在電影裡，桃樂絲將自己的旅程告訴大家，可是他們並不相信。她說她當初不應該離開家，應該在自家後院裡尋找自我，而不是出門冒險。她一回到完美世界，便再次落入它的掌控。「什麼地方也比不上家，我永遠都不會再離開。」根本沒人要聽她的故事，也無人關心她的旅程。沒有人從她的經歷中得到收穫。

《鐵達尼號》

電影的開頭就從這個階段開始，年長的蘿絲將親身經歷告訴那些搜尋鑽石的船員。她的故事讓大家聽得入迷，他們原本以科學數據為根據的歷史觀從此改變了。

電影尾聲，她佇立於船尾，那裡就像電影開場時鐵達尼號上的完美世界。她拿著那條鑽石項鍊，鬆手任它落入大海，我們看到這些年來她所完成的一切——飛行、騎馬、前往聖塔莫尼卡碼頭。她的孫女邊聽故事邊流淚，也因為聽到的故事而有所改變。

凱特・蕭邦的《覺醒》

回歸和死亡階段同時發生。艾德娜回到故事開場的格蘭德島，打算結束自己的生命。她停住腳步片刻，看著一隻鳥兒鼓著翅膀墜入海中，憶起她在故事開場時聽過的傳說。

性別偏折：《美國心玫瑰情》

萊斯特死後，以第一人稱敘述自己的故事，用迂迴的方式回到了完美世界。他現在以不同眼光看待一切，也不願改變任何的一切。

▽陰性旅程「第九階段」的寫作竅門

- 再次回顧第一階段，在這個階段呼應其中一些元素，顯示她有了多少改變。她對完美世界的反應是否有所不同？
- 你能否在這個世界做些改變，作為她轉變的隱喻？
- 她能否以新人之姿留在舊世界？或是她會徹底離開舊世界？
- 有人願意聽她的故事嗎？或是會因為她的改變而憤怒？
- 她自己是否有意願回去？

CHAPTER

25

構思陽性旅程

PLOTTING THE MASCULINE JOURNEY

陽性旅程中，主角集結盟友與工具，出發邁向目標。他拒絕陰性旅程的內在探索，他面對死亡，若非承受為了重生必須經歷的改造並且獲得勝利，就是抗拒內在成長並走向失敗。如果是成功，到了旅程末尾，他會質疑權威和自己在社會裡的角色，並且找到真正的自我。

在這個新的故事模式裡，主角會在第三幕得到覺醒的機會，但他可能不願冒這個險，他不見得會把握。這個過程有九個階段，以三幕來呈現，呼應古典的故事結構。

男性旅途的九個階段如下：

第一幕：挑戰（Challenge）

1. 完美世界
2. 朋友和敵人
3. 召喚

第二幕：障礙（Obstacles）

4. 小成功

5. 邀請
6. 考驗

第三幕：翻轉（Transformation）

7. 死亡——十字路口
8. 覺醒或反叛
9. 勝利或失敗

第一幕：挑戰

第一階段：完美世界

一個名叫約翰的男人駐足仰望珠穆朗瑪峰。「我知道我可以成功登上這座山。」他心想。「有很多像我這樣的人都死在這裡，可是我會成功的。大家都指望我。」

多年來，約翰一直夢想能夠攀登這座山。他擁有力量和耐力，背後有一整個世界為他撐腰、喝采。他拿出裝備，開始攀登。

全世界似乎充滿了機會。主角只需要決定自己想要什麼。社會要他追求成功，做個真男人。他尚未問過自己，成功對他來說意味著什麼，所以他遵循著社會的主張。

如果主角一開始就問：「這一切的意義何在？」並且立刻採取行動改變自己的人生，就像《美國心玫瑰情》一樣，那麼他就是踏上陰性旅程。如果他不願檢視自己、面對內在的魔鬼，那麼他就跳過了下降的階段，只聚焦於外在的目標上。他會抱得美人歸、殺掉壞人、拯救城鎮，而不是面對象徵性的死亡和徹底改造。

就像第二十三章所討論的，有三種主要的社會期望可能會敦促男人追求成功：表現、養家、保護。這些期望不知不覺推動著主角，讓他無法看見並探索人生的其他方向。他目光短淺，只看得見社會擺在他眼前的理想，而不去追求自己真心想要的東西。

傑德．戴蒙（Jed Diamond）在他的著作《戰士歸鄉路：療癒男人、療癒地球》（*The Warrior's Journey Home: Healing Men, Healing the Planet*）討論過這一點：「男人心中沒有可以產生共鳴的核心，只能從外在接收指示。我們最深的恐懼是，如果我們失去或放開外在形式——房子、配偶、規則、地位——我們會墜入可怕的空虛裡。」

以下說明這三種社會期望在男人身上的表徵。

表現：

「真男人」會關心事業成就，或透過辛苦勞動來維生。這名男子相信，事業成就等同於成功和男子氣概。「如果我獲得升遷、加薪或合夥人身分，我就成功了，」他心想。「只要我撐住，努力擴展人脈，總會成功的。」成為團隊的成員在這裡很關鍵，進一步壓抑了他身為個體的欲望。不被允許放鬆和自在，他一定要繼續埋頭向前衝，不論家庭或健康要付出什麼代價。

主角可能從事體力工作，可能被視為勤奮的成功人士。他投入工作的時間越長越好。

養家：

「真男人」必須賺很多錢、必須能夠扶養家人，不論妻子是否有工作。主角相信有錢就是成功。用什麼手段賺錢不是重點，有錢才是。他被教導女人要不要工作都沒關係，但他在這件事情上別無選擇。

有時候，賺錢養活一家的責任可能逼使男人做出瘋狂的事。這不是說女性不養家、沒有同樣的壓力，而是社會要求男人承擔這個角色。男人覺得自己無法選擇在家裡帶小孩當全職爸爸。如果有人必須養家，那就應該是他。

保護：

「真男人」要保護弱者，雪恥復仇，不流露情感。主角遵循硬漢信條，他認為保護無辜的人、當他人可靠的磐石是自己的職責。連女性之友的原型也包括在內，他認為必須解救女性脫離糟糕的婚姻，開拓她們的眼界。他是否看出自己執著於保護他人、當個硬漢、壓抑情感，反而使自己無法自由自在過生活？

在大多數的槍戰動作片、西部片、功夫片裡，除了主角發達的肌肉或陰鬱的眼神，我們沒機會真正認識主角。除了復仇和職責，我們永遠無緣瞭解他是什麼樣的人，或是他在意什麼。

▽新的故事模式

在這個新的故事模式裡，可以在第三幕看見一個改變，就是主角會偏離軌道，參與陰性旅程，邁向自我發現、自我分析和成長。較好的動作片會有這個階段。

在《奪寶大作戰》第三幕裡，三個主角發現情感占了上風，決定為了拯救他們逐漸熟稔的人民而放棄黃金。他們在無比艱險的情勢下，不靠槍枝和剽悍作風，試圖拯救那些人。

在《駭客任務》第三幕裡，尼歐最終因為愛（情緒和感受）再次甦醒——有如睡美人——他之所以獲勝，靠的不是武器，而是相信自己並且「放手」。基本上，尼歐在第一幕覺醒，踏上了陰性旅程，但他也在第三幕經歷了第二次覺醒。

即使你將主角最初設定為典型的硬漢，一切都可能在之後有所改變，讓強而有力的人物弧線得以成形，即使他並未踏上內在改造的陰性旅程。

第一階段也呈現了他的支持體系。他有可能：

- 看似擁有一切。
- 身邊有很多朋友。
- 被告知他是最棒的、獲得獎勵等等（咸稱國王吉爾蓋瑟須為「王中之王，外表散發王者風範……他以領袖的氣度，走在前頭……」通常開頭這樣設定，故事末尾就會讓主角摔得更慘。他自我膨脹，無法放開權力，因而飽受折磨）。
- 眼前有大好的事業，銀行帳戶存款可觀。
- 是工地裡最具魅力的人（阿諾．史瓦辛格、席維斯．史特龍、史蒂芬．席格都散發強悍肌肉男的魅力，讓他們勝過其他人。武藝高強的成龍也是）。

這個階段也暗示了他人生中缺失的元素，像是自然、「潛伏於內在的狂野男性」——就如美國作家羅伯特・布萊（Robert Bly）所述。他跟更大的整體——也就是大家共享的那種聯繫和關連——處於斷聯狀態。他壓抑自己的情緒，看待世界的方式有如科學家而不是參與者。

很多戰爭片呈現了冷血無情的男人戰鬥殺戮，之後停下來環顧四周的毀滅現場。在這些電影的末尾，士兵抱著孩子奔向安全的地方，這個影像顯示角色在這個階段之後有了大幅改變。

他通常會遇到的配角類型，是那種跟人生中自然、本能、原始的面向有所連結的人，也就是主角欠缺的那個部分。

▽第一階段的範例

《吉爾蓋宓須史詩》

「第一塊石碑上的開場，敘事者讚許吉爾蓋宓須的智慧，他是名聞遐邇的古代國王，其皇家的與個人的成就千古永流傳。」吉爾蓋宓須的人生壯闊宏偉，受到膜拜、尊崇與敬畏。他的世界堪稱完美，只是他依然渴望證明自己。

《星際大戰》

天行者路克的生活過得還不錯。對於叔叔強迫他留在農場上一事，他相當不滿，但生活也不算太糟。他覺得自己有責任養家，但他很想成為絕地武士。他一心急著離開「這個星球」。

《奪寶大作戰》

波斯灣戰爭結束後，所有被迫保衛自己國家的人正在開趴慶祝，因為再不久就能回家。艾奇（喬治・克隆尼飾演）正在跟一名記者纏綿。一切似乎很順利。

梅爾維爾的《白鯨記》

以實瑪利想看看世界、擴展視野，因此旅行到一座小鎮。他找到過夜的地方，成功登上一艘船，但故事暗示了這趟歷險距離完美非常遙遠。這世界沒有他想像得那麼完美。

性別偏折：《奪命總動員》

電影開場時，一個宜人的小鎮正在慶祝聖誕節。莎曼珊／查莉（吉娜・戴維斯飾演）在遊行隊伍中扮演聖誕老太太。她在家中舉行派對，朋友都圍在身邊，生活狀似完美，只是她罹患了失憶症。

▽陽性旅程「第一階段」的寫作竅門

- 記得想想他一生持續賣力工作所感受到的壓力。
- 這個階段，利用他在意的事情，讓他無法看清事實。
- 想出五種不同的方式來呈現他的盲點。
- 記得在這個階段要將主角介紹給你的讀者，並且設定好故事主題。

- 就像在陰性旅程裡，開場前想想主角的經歷，替故事增添一些色彩，或是揭露更多主角的性格。

第二階段：朋友和敵人

約翰在登山。空氣越來越稀薄寒冷，他的手指在手套裡凍僵了。他感覺到肩上背包的重量，很想歇腳過夜，將原訂的時程拋到腦後。

他看見遠處營地亮著光。外頭除了他之外還有別人，他感到安慰。

在這個階段，朋友或敵人登場，促使主角往前走，帶領他接受即將到來的召喚。這個角色可能：

- 握有主角一直在等待的消息。
- 握有主角一直試圖找到的訊息。
- 拯救主角的生命。
- 被視為主角的競爭者。
- 協助主角認識其他人或建立人脈。
- 提供主角後來會需要的工具。
- 提升主角的自我、給他信心。

• 搞砸一切，迫使主角換個方向走。

有時候，主角需要他人的幫助來實現目標。有多少人能夠單槍匹馬打劫銀行，或是同時開車跟開槍？到了故事結尾，他可能落得形單影隻，但他目前會先組成團隊一起踏上旅程。

這個階段可以和第三階段互換，就看你寫的是哪種類型的故事。如果主角需要人幫忙尋找召喚，那麼這些角色就會登場協助他。如果角色有自己的目標、起而回應冒險犯難的召喚，之後就會邀請這些角色在他的旅程上從旁協助。

主角跟這些角色互動時，我們會看到他發光發熱。他們激怒主角、引發他的反應，藉此帶出他的原型性格；或是讓主角覺得如此自在，主動向他們傾吐心聲。如果沒有睿智的搭檔，老是惹人跳腳的孤僻主角又該何去何從？

▽第二階段的範例

《吉爾蓋宓須史詩》

吉爾蓋宓須苛待他的子民，恩奇都（Endiku）這個原始野人來到烏爾克（Urk）找他決戰。恩奇都吃了敗仗之後，同意吉爾蓋宓須是「這片土地上最強大的」，兩人最後成了至交好友。

《星際大戰》

天行者路克遇到 C-3PO、R2-D2、歐比王．肯諾比、韓索羅、丘巴卡。雖然他最後獨力扭轉乾坤，但他現在已經是團隊的一員，可以從這個團隊得到支持與教導。

《奪寶大作戰》

艾奇得知有人找到了藏寶圖。他試圖從他們那裡搶走地圖，但意識到他們可以輕易告發他，這麼一來誰也拿不到黃金。他知道自己無法獨力盜走黃金，於是大家決定通力合作。

梅爾維爾的《白鯨記》

以實瑪利遇到了魁魁格，兩人一起到亞哈船長的裴廓德號上擔任魚叉手。他們和其他船員建立友誼，成了團隊的一員。

性別偏折：《奪命總動員》

莎曼珊／查莉的身邊有許多人。她有個女兒、同居男友，還有一份教書工作，可是生活裡依然缺了什麼。她不記得自己是誰。有一天她在海灘上醒來。

只有探員米契·海奈西（山繆·傑克森飾演）願意調查她這起失蹤人口案件。他們試圖查出她過去的身分，他便成了她的搭檔。

▽陽性旅程「第二階段」的寫作竅門

- 想出五個不同的方式來介紹配角。

- 設計配角時要多發揮創意，改變他們的年齡、性別、背景，直至找到最適合這個故事的安排。確保他們對故事有所貢獻，不論是幽默或專長。
- 你可以在這個階段暗示某個內在問題，運用主角原型裡的一些缺點，像是貪婪、嫉妒等。但這個主角還沒準備好要改變或步入下降之旅，一直到故事的結尾。

第三階段：召喚

約翰順利抵達營地，結交了新朋友。那些朋友的旅程似乎跟他相同，跟他們相處起來很自在。

隔天黎明他喚醒大家，再次啟程登山，決心搶攻山頭。

主角要不是從某人那裡聽見召喚，比方說某個反派，就是聽見了自我的召喚，因而啟程追求目標。這個時候，他還無法觸及自己的內心，可能不知道什麼對自己來說是真正重要的，也不曉得自己真正想要什麼。

召喚可能有幾種形式：

一項挑戰：反派可能會過來調查主角，看看他是何方神聖。他會將誘餌拋給主角，看他會不會上鉤。主角可能會上鉤，因此將優點和缺點暴露在反派面前。想贏的欲望、想成功的驅力激勵著主角，他抗拒不了眼前的任務。

一項意外：
主角一直在等待機會追尋目標，但從未料到召喚會真的到來。機會彷彿從天而降。或者，反派可能很詫異，因為他原本不知道主角的存在，這樣一來便為反派拉高了這場遊戲的賭注，如果主角技巧特別高超或反應特別靈敏的話。

來自主角的欲望或自我：
主角創造了自己的召喚，「我需要那個……」或「我想要這個……」。他可能覺得有壓力要履行職責、為他人效力，或者可能很自我中心，只想為自己出力。

故布疑陣，轉移誤導：
主角困在錯誤的想法、路線或目標中。有個配角可能會替主角搞砸事情，引他走上歧途，或是整個情節都奠基在另一個角色灌輸給主角的某個錯誤信念上。很多喜劇都這樣開場。

一個命令：
回應召喚是主角的職責。如果他不起而行動並接受召喚，可能會失去自己的工作，甚至是身分。

不論是哪一種形式，主角在此時都被要求行動或被迫行動。

召喚有幾種作用：

作為伏筆：

他達成一個小目標，和故事裡較大的主要目標相似，比方說一個男人現在在跑馬拉松，之後會奔去拯救一個孩子。

喚醒主角：

主角面臨達成主要目標的第一個障礙。他原本覺得事情易如反掌，對目標或反派都不怎麼在意，直到碰上第一個難關。動作片裡就有這種情形，主角在開頭就碰上了反派，但反派竟然成功逃脫，之後又捲土重來。

情節轉折：

主角不明白發生什麼事，他以為一切都好端端的，但周圍的世界似乎忽然改變了。他再也不確定誰才是好人。《禿鷹七十二小時》（*Three Days of the Condor*）裡的喬．透納（勞勃．瑞福飾演）出門買咖啡，回到辦公室卻發現大家都死了。

在這個階段，當主角決定獨自追尋目標時，他在意的人事物可能會因為反派或他自己而陷入險境。配角可能會紛紛跳出來嘲笑揶揄他，說他錯了、過氣了，說他不可能完成最初著手要做的事。

▽第三階段的範例

《吉爾蓋宓須史詩》

吉爾蓋宓須創造了自己的召喚。他獲得眾人讚美，覺得自己所向無敵，有時則覺得有點無聊。他決定和恩奇都前往雪松林，砍下那棵神聖的雪松，殺掉它的守護者，以此揚名天下。

《星際大戰》

天行者路克最初從莉亞公主的訊息裡得到召喚。他去見歐比王・肯諾比，歐比王告訴路克：「如果你要跟我同行，必須學習使用原力。」路克依然很猶豫，不願離開家人，可是當他回到家時，卻發現家人和家園都已經被帝國勢力摧毀。

《奪寶大作戰》

在這部電影裡，黃金就是所有人的召喚。渴望金錢、希望未來有保障，在在驅策著他們。召喚先出現，隨後為了完成目標，所有的人組成團隊聯手行動。

梅爾維爾的《白鯨記》

亞哈船長頭一次從船上的宿膳空間走出來，向男人們說起大白鯨的故事，說明他為何非殺死白鯨不可。他說船上所有的人必須跟他一起追求這個任務，他會送一塊金幣給搶先發現白鯨的人。大夥都充滿熱忱。

性別偏折：《奪命總動員》

一群唱詩歌的人來到莎曼珊／查莉的家門前。她前去應門，一個持槍的男人走出人群，試圖殺死她和家人。她和男人搏鬥，殺死了他。她不知道自己的殺人本領是哪裡學來的。她必須查明為什麼有人要致她於死地，同時為了保護家人，她必須離開。

▽陽性旅程「第三階段」的寫作竅門

- 他關心的人事物在這個階段陷入險境。
- 主角迫於自身欲望或因為反派，因此起而行動。
- 記得將召喚具體呈現出來，不要只是用敘述的。可以用什麼視覺影像來代表故事末尾的目標？主角需要學習什麼，才能在最後達成目標？在這個階段要如何呈現主角需要學習的事物？
- 這時候有配角嘲笑他，或企圖阻止他嗎？或者他們全都支持他？

第二幕：障礙

第四階段：小成功

約翰沿著山路往上攀登。前面的男人跌倒之後，換成約翰位居第一。約翰沒去多想那個跌倒的朋友，自己成功抵達下一個峰頂，比其他人都早了幾個小時。

他坐著為自己的成就感到開心。他環顧四周，發現原來要登頂還有很長的路要走，但他此刻興致高昂，覺得自己所向無敵。

在這個階段，主角嘗到一絲成功的滋味，激發了追求更大目標的欲望。他回應召喚，開啟了旅程。他遇到第一個大障礙並加以克服。

注意這份成功對他周遭的配角有什麼影響。他們為他感到高興？嫉妒？這是否表示他要離開他們身邊一陣子，獨自啟程面對更大的挑戰？他們為他擔心嗎？他們是否試圖讓他覺得愧疚？還是嘲笑他，意圖從他那裡奪走勝利的滋味？

他為了完成任務而動身出發時，可能就收到了警告，但他不予理會，後來照樣成功了。他覺得自己所向披靡，覺得自己一個人就夠了，不需要他人的幫忙。

他的自我開始膨脹，更加遠離自己的核心與自我覺察。失敗可能會促使他重新審視一切，教會他謙卑。

如果他與自然更加和諧，執著於保護他人，可能一方面非常謙卑務實，另一方面又十分有自信，就像《大地英豪》（*The Last of The Mohicans*）裡的主角們。他們知道什麼都難不倒他們，而且懂得及時把握機會，為自己珍視的事物冒險。

那達耶（丹尼爾・戴路易斯飾演）成功拯救了可菈・孟羅（麥德琳・史道威飾演）和她妹妹愛麗絲（喬迪・梅飾演）。他對自己、父親和兄弟一起做的事情感到滿意，對自己是誰、自己的能耐胸有成竹。

後來他來到朋友的家，看到一家子的婦孺慘遭屠殺。他辜負了他們，這令他既憤怒又謙卑。不論是哪一種，主角都想要更成功：

- 他知道自己可以做到更多。
- 他不想靜靜坐著審視事情，他想要起而行動。
- 他想要得到那份獎賞。
- 他想要在別人失敗之處取得成功。
- 他想要因自己的作為而成為「不朽」。

在這個節骨眼上，他尚未面對自己主要的恐懼。他很可能已經碰上棘手的任務或敵手，但那只是暗示他之後必須面對的事物。有時候他的成功可能是他學會的技能，而在這個階段之前，他從未想過自己能夠學會這件事。

在喜劇裡，主角可能覺得自己在這件事上大獲成功，周遭的人卻不這麼認為。他們覺得他瘋了，但他只看到自己想看的。

這一切取決於主角的參照點（reference point）。一個情緒低落、不曾約過會的男人，可能會將女人的一抹微笑解讀為「愛」。《阿呆與阿瓜》裡的羅伊・克里斯瑪斯（金・凱瑞飾演）就是這樣。

▽第四階段的範例

《吉爾蓋宓須史詩》

吉爾蓋宓須和恩奇都殺死了守護者，砍下神聖的雪松，得到了永恆的名聲。吉爾蓋宓須志得意滿，決定進行更艱難的任務。

《星際大戰》

路克開始學習，表現得很好。他對歐比王心存敬畏，彷彿對方就是自己不曾有過的父親。在歐比王的協助下，路克成功拯救了莉亞公主。

《奪寶大作戰》

幾個人來到了一座小村莊，遇到海珊麾下的幾位士兵帶領他們尋獲黃金。他們裝了滿滿一卡車的金條。

梅爾維爾的《白鯨記》

航行多日之後，他們在海上遇見了其他船隻。每艘船的船長都說了一則大白鯨的故事。亞哈船長喜不自勝。他要他們告訴他，最後一次目擊大白鯨的確切地點。現在他知道自己走對了方向，沒有什麼能阻擋他的追尋。

性別偏折：《奪命總動員》

他們取得了線索，同意跟某人在火車站碰面，結果遭到伏擊。莎曼珊／查莉憑藉機智和力量，救出自己和米契。接著，她得知自己過去是替政府效力的殺手。

▽陽性旅程「第四階段」的寫作竅門

- 在這個階段，主角嘗到了成功的滋味，但並未真正面對自己的任何恐懼。
- 他所屬的原型會運用自己的什麼條件？他會面對什麼恐懼？
- 其他角色如何看待他的成功？他們嫉妒他，還是支持他？
- 他是否因為成功而變得更有自信、更自大？

第五階段：邀請

約翰駐足仰望山峰，手指再次感到冰冷刺痛。他看著最後一群人爬到他佇立的地方。他開始納悶自己當初為何選擇攀登這座山。

有個男人走過來。約翰的妻子打電話來，想知道他為什麼要這麼做。他沒辦法回答她。他只知道自己必須有所表現，他想要成功，她的問題只是惹他心煩。他不想正視自己的情緒或質疑自己的選擇。她提醒他，他的夢想是要在溫煦的陽光中和海豚一起泅泳。

這個階段相當獨特，它可能從主角受邀踏上陰性旅程開始。有人向他點出了缺點，問他當前的目標是不是他真正的目標。他得到一個機會可以放下外在的目標，經歷內在的翻轉改造。

在《大地英豪》裡，當那達耶將愛情和情緒置於個人的安危之上，就等於接受了部分的陰性旅程。其他人離開要塞的時候，他留了下來，心知自己可能會因為煽動叛亂而遭受吊刑。他不能離開可菈。他選擇面對死亡和下降之旅，為了愛情，也為了和他人之間的關係，而不是為了私己的利益。重點不再只是保護她，而是要怎麼和自己的情緒建立連結。

大多數主角都會避開這些概念，持續踏上自己的道路，但那份邀請一直都在。下降之途對主角來說吸引力不大。

面對自己和自身情緒對他來說可能太沉重，雖然他身心層面上都有能力做到。他尚未全然覺醒。他不肯放下自己的防禦。

- 有個角色可能會求他不要捲入他必須面對的暴力。
- 他可能會被問起，他真正想從人生裡得到什麼。
- 朋友可能會希望他放棄。
- 戀人可能會因為他的冷漠舉止而求去。
- 他可能會遭到背叛，但選擇視而不見，彷彿無所謂，或是會想辦法報復。

上述是為他最後的翻轉或反叛做準備。

他對自己原本的作風有多堅持？他的心思有多封閉？要怎麼才能打開那顆心？

▽為旅程做準備

這個階段的另一部分是要為旅程做準備。

既然他選擇了外在旅程，就會面臨諸多需要克服的考驗和障礙。他會以耐力迎向考驗和障礙，希望能夠攻克它們。他蒐羅需要用到的工具——槍枝、金錢、喬裝、專業知識。對他來說，這些工具意味著生存和勝利。現在什麼都阻擋不了他。

帶著這些武器，主角滿懷信心，但他看不清遙遠前方的情勢，對自己能力的信心敦促他持續向前。事實上，讓他獲得成功的是勇氣和成長的意願，但他目前還不瞭解這一點。

一位導師或智者可能會出現，手上握有主角需要的所有資訊，但主角必須找到自己因應的方式。要冒失敗風險的是他，他可不能完全仰賴別人。

他心裡有一串名單，如果有需要，就可以找名單上的人幫忙。也許有些角色是他信得過的。也許他有個想分享旅程的好友。如果沒有見證人，成功還有什麼樂趣可言？

另一方面，他可能被迫和其他角色合作，警匪片常有這種狀況，孤僻的警察想要獨自辦案，上司卻強迫他接受一位搭檔。

▽第五階段的範例

《吉爾蓋宓須史詩》

吉爾蓋宓須遇見從冥界回來的女神伊娜娜。她邀請他與她「成親」、與她同行——暗喻著要他仿效她，也步入下降之旅。

他拒絕了她，兩個人因此反目成仇。她派神牛來殺他，畢竟是他先闖入她的地盤，也就是大自然，而且屠戮她的樹木。他拒絕她，等於拒絕透過下降之旅而得以完整。他不想改變自己的作風，而是蒐羅特殊武器並踏上自己的新旅程

《星際大戰》

莉亞公主幫忙路克他們經由垃圾滑道逃離，讓路克見識到女性可以多麼堅韌和強悍。他最初遇到她的時候，似乎大吃一驚，彷彿在自己的星球上不曾見過很多女性。對他來說，她是女性的化身。她給了他力量並為他指引道路，彷彿她自己有過類似的經歷。

《奪寶大作戰》

艾奇允許難民跳進卡車車斗。他不得不和海珊的士兵展開槍戰，因為他現在不能任難民在那裡等死。比起對這些人在意的程度，他依然更在意自己的面子。他自己沒有生命危險，黃金也還安全，所以他願意幫助那些人逃難，同時讓海珊的士兵見識一下誰才是老大。除此之外，對於幫忙這些人，他不想耗費太多心思。

他的卡車被炸，一群反叛者幫忙他和他的人馬逃跑。他們後來向艾奇求助，但他不願意再做更多。

梅爾維爾的《白鯨記》

好幾次，有人要求亞哈船長放棄他的追求、檢視自己的動機，但他就是不肯正視自己在做什麼。他不想看到自己的真貌，更不想面對自己的憤怒。他只想盲目地宣洩怒氣。

後來，他遇到「蕾秋」這艘船。那位船長懇求亞哈船長幫他尋找失蹤的小船，他兒子就在上頭。亞哈船長拒絕了，違反了船長之間的行動準則和規矩。他拒絕幫助別人。

性別偏折：《奪命總動員》

查莉重新找回自己的殺手身分，不願面對原本的自我（莎曼珊）。她更換髮色和妝容、沖了個澡。她試著洗掉舊有的身分。

她試著引誘米契，但他拒絕了，因為他知道她只是試圖埋藏莎曼珊老師。他知道她想忘卻留在家裡的女兒。他希望她能面對自己，但她還沒準備好。

▽陽性旅程「第五階段」的寫作竅門

主角在此受邀踏上陰性旅程，但他拒絕了。想一想，找出不同的方式來呈現他的拒絕。他生命中的女性是不是他陰性面向的隱喻？他怎麼對待她？

這個階段最適合暗示他是否會接受最後的翻轉且有所成長，或是起而反叛。

反派可以幫忙將他推向外在的目標，以拯救他在乎的人事物。

第六階段：考驗

約翰繼續登山。風勢更強了。他無法呼吸。月亮躲在雲層後面，四周一片黑暗。有個人經過他身邊，在他會經過的路線上倒地。約翰繼續往前挺進，尋找歇息之處。他在倒地的男人身上絆了一跤，撞到腦袋並弄丟了水壺。

在這個階段，主角在前往目標的路上遇見更多障礙。他可能以為自己能輕鬆克服所有的障礙、能輕易擊敗反派，可是他錯了。不論他在這個階段多麼成功，都會在下一階段面臨最大的恐懼。

藉由面對自己的恐懼、克服障礙，他又嘗到了成功的滋味，因此得到鼓舞，並持續朝目標邁進。如果你希望主角在下一幕有所改變，就要在這個階段漸漸改變他的想法。給他很多理由改變，將他推向改變。

想想《奪寶大作戰》裡的主角。他不只看到窮困的婦孺為了牛奶大打出手，因而徹底改變他的人生觀，他還看到士兵偷走人民僅剩的一點糧食，看到士兵折磨無辜的男人、殺害無辜的母親、傷害孩子。這只是他脫胎換骨的開端。

可能的阻礙有：

- 他必須面對的內在掙扎和道德議題，比如為了拯救多數人而殺死一個人、為了拯救某個人而讓反派逃脫、面對自我懷疑，或是克服自己的驕傲。
- 外在的掙扎讓他筋疲力盡，比如跟時間賽跑、肉體上的磨難。
- 反派跟他玩心理遊戲。他可能必須面對自己的恐懼。
- 出現一個配角，把一切都搞砸了。
- 故事裡出現用來轉移焦點的誘餌，引導主角踏上歧途。
- 新的反派。
- 他最在乎的東西岌岌可危。

他所屬原型的力量和弱點，都在這裡受到考驗。

▽覺醒

如果他要走上覺醒和改變之路，他的防禦機制會在這個階段開始瓦解。他覺得自己的世界正要分崩離析。他再也不知道自己是誰。

如果他平日仰仗頭腦，現在則會受到體力的考驗；如果他向來無法面對情緒，他就會被拋進一個充滿情緒拉扯的情境。如果他很貪婪，現在就會被要求做出犧牲。想想《小氣財神》（*A Christmas Carol*）裡的史古基，他如此貪婪、思想封閉，必須目睹自己與他人的過去、現在和未來，最後才能夠改變。

也想想《絕地戰警》（*Bad Boys*）裡的馬汀．勞倫斯。他必須和搭檔交換身分。他看到搭檔陪他妻子的時間，比他自己當初還多，簡直快發瘋了，他開始為了過去自己錯失和家人共處的時光而難受。想想《致命武器》裡的警探馬丁．瑞格（梅爾．吉勃遜飾演），想想他如何拚命克制自己因為失去妻子而湧現的情緒。他努力延續防禦機制的運轉。

▽反叛

如果他要踏上反叛之路，那麼在這個階段，他會試圖加強逐漸失靈的防禦機制。他可能會變得更憤慨、更喜怒無常。想想藍波（Rambo），有好幾個角色都試著要跟他講道理、改變他的想法，可是沒人說得動他。他進入了自動駕駛的狀態，像個盡職的軍人一樣一心只想完成任務。他就像《白鯨記》裡的亞哈船長，完全受到怒氣蒙蔽。

反叛的時候，即使是好的主角也會變得不穩定，冒不該冒的風險，為了實現目標而不計一切。想想那些功夫片，主角為了不想在自己其實不怎麼在乎的圍觀者面前丟臉，因此不敢打退堂鼓，將自己置於危險之中。大多數時候，附近都有個大師對自我很篤定，願意轉身離開打鬥現場。他是試圖以身作則來教導急躁的弟子，但弟子往往會因為師父退卻而心生輕蔑。

▽警告和預言

警告或預言通常會伴隨反叛而來。主角會因為自己的作為得到警告，預言則是為他之後即將面臨的厄運埋下伏筆。

在《吉爾蓋窓須史詩》裡，主角做了駭人且不祥的夢。在《大白鯨》裡，費達拉（Fedallah）數次預言了死亡。

▽第六階段的範例

《吉爾蓋窓須史詩》

當吉爾蓋窓須拒絕踏上陰性旅程，伊娜娜派出神牛去對付他。他殺死神牛，但是由於他砍下神聖的雪松，也殺死了雪松的守護者，因此得罪了眾神。眾神下令必須有人以死抵罪，而且必須是恩奇都。吉爾蓋窓須滿心驕傲，不肯聽伊娜娜的指示。他狠狠侮辱了她，因為他是國王，可以為所欲為。他是自己最大的敵人。

《星際大戰》

他們先從牢房救出莉亞公主，帝國衛兵緊追在後。接著，他們發現自己困在運轉中的垃圾處理機裡。他們一路奮戰到自己的船艦處，路克在那裡目睹歐比王和黑武士達斯維達的激戰。

《奪寶大作戰》

艾奇發現他的同伴特洛依（馬克．華柏格飾演）被抓去當人質。他需要反叛者幫忙他救出特洛依。雙方達成協議——如果艾奇幫他們抵達邊界，他們會幫他搬運黃金，並且救特洛依脫險。

艾奇聽他們敘說自己的故事，多少被他們承受過的事所打動，覺得自己只在乎黃金似乎有點自私。他不知道自己可以做什麼好事，但他現在開始質疑自己。他們出發救援特洛依，一路面臨諸多障礙。

梅爾維爾的《白鯨記》

亞哈船長必須好好管束船員們。他極力保持對全船的掌控，免得有些人考慮起而暴動。他一定要引導船隻穿越冰原，還要應付其他船長和費達拉——船上能夠預言未來的人。但亞哈不肯改變心意，不願聽人講道理。

性別偏折：《奪命總動員》

查莉在小巷裡槍殺了幾個試圖攻擊她的人。她得知政府想致她於死地，決定離開城鎮，但需要鎖在保險箱裡的錢和護照。保險箱鑰匙在女兒手上，所以她必須回家去拿。

▽陽性旅程「第六階段」的寫作竅門

- 發揮你的想像力，替他創造考驗。他有什麼嗜好是你可以運用的？在《奪命總動員》裡，莎曼珊／查莉知道怎麼溜冰，電影裡有個場景可以用到這個技能：她穿著冰刀鞋越過湖面，逃離壞人的追殺。
- 這裡能不能加個配角來增加衝突？
- 確保他的幫手、工具和專長在前面都設過伏筆。

- 他的防禦機制會開始瓦解。想辦法具體呈現這一點，而不要只用敘述的。
- 如果他能覺醒，給他幾個理由來改變他原本的作風。試著勸他睜開雙眼。

第三幕：翻轉

第七階段：死亡——十字路口

約翰在黑暗中摸索，找到他的水壺。接著他摸索能夠帶他回到營地的繩索，倒地的男人在他後方呻吟。他納悶自己該不該冒生命危險去幫忙對方。他考慮片刻，然後將那個男人拖回營地。

藉著火光，約翰看出這個人是他的好友，而且已經死了。他領悟到，要不是這個人在幾小時前倒下，現在死的可能是他自己。約翰覺得謙卑又感恩，想起家鄉的家人，可是依舊想爬上頂峰。

在這個階段，主角面對死亡和毀滅。

主角在這裡面臨十字路口。他可能面對自己真正的死亡或象徵的死亡——在通往覺醒和勝利的道路上持續前進，或是抗拒死亡並踏上通往反叛和失敗的道路。

▽覺醒和成長

面對自己的死亡，意味著以優雅和光榮的姿態，直視必死的命運、恐懼和缺點。他步入下降的陰性路線時，會因為這番經歷而學會謙卑。這個經歷可能會讓他一時忽略原本的目標，但他會因此永遠改變。

- 他可能會體驗到「靈魂的暗夜」，一切似乎無力回天。他承認，並接受這一點。
- 他可能面對反派的挑戰，最後落得挫敗又無助，但從內在深處找到勇氣。
- 他可能面臨好友或家人的死亡，因而想到自己終有一死。
- 他可能會為了拯救別人而冒生命危險，就像《大地英豪》的那達耶，以及《鐵達尼號》的傑克。

他的工具起不了作用，他的策略分崩離析。他一無所有，可能只能任由反派宰割。他能否忍辱負重？他必須順著事態的發展，竭盡所能。他必須停止抵抗，別再試圖控制和主導事情的走向。他展現了勇氣，現在則必須運用腦袋，找到自己的內心。

看看陰性旅程裡的第四階段「下降」。運用那個階段概述的七個問題，讓他面對內在的魔鬼。在陰性旅程裡，主角經歷緩慢的下降，然後在死亡階段面臨混亂。在陽性旅程的死亡階段裡，如果主角覺醒了，幾乎是同時經歷了陰性旅程的這個階段。對他來說這是最後關頭，他已經沒時間了。如果他運氣好，會有個配角現身幫忙，將他推往正確的方向。

▽反叛和停滯

他強烈抗拒死亡，這也等於是強烈抗拒自己的轉變。他面臨自己必死的命運，變得滿心想要報復。如果他因為失去親愛的人而面對死亡，他會想為那個人報仇，藉此證明自己超越死亡。他不會死，也不能死。

- 他不會承認自己的恐懼。
- 他完全沒有因為先前的經驗而變得謙卑。
- 事實上，他抬高自我評價，就為了證明自己不只是個凡夫俗子。
- 他可能不假思索就鋌而走險，要求單挑反派。
- 他就像瘋狂展示男性氣概的單人秀，不需要其他任何人或任何東西。
- 他不願正視反派讓他見識到的東西。他不肯審視內心，找出自己真正想從人生得到什麼。

▽第七階段的範例

《吉爾蓋宓須史詩》

「恩奇都歷經漫長痛苦的死亡，由他摯愛的吉爾蓋宓須照料到最後一刻，吉爾蓋宓須在他臨終的病榻邊守望，滔滔說著兩人共同經歷的回憶……在軀體的腐朽面前，他得到的名氣分文不值。吉爾蓋宓須抗拒死亡，出發尋找永生的祕密。」

《星際大戰》

歐比王停止戰鬥、接受自己的死亡時，路克無能為力地旁觀。他放聲大叫，再次引來帝國衛兵的追捕。他們的船艦成功逃出死星時，路克為朋友的遭遇深感自責。他難過的程度超過叔叔、嬸嬸的死，但他為了這項使命而強打起精神。

《奪寶大作戰》

艾奇和同伴們冒著生命危險，為了釋放特洛依而戰。他告訴康拉德（史派克・瓊斯飾演）：「做你害怕的事，做完就有勇氣了。」他們在救特洛依的同時，也拯救了更多人。康拉德被殺，特洛依受重傷。艾奇用醫藥箱救了特洛依一命，並且幫忙準備埋葬康拉德。康拉德的遺願是想到神殿去，於是他們決定先不要埋葬他，而是帶著他的遺體上路。

好幾個反叛者被殺，他們舉行了葬禮，還分給當地人民每人一塊金條，好讓他們開啟新生活，然後埋下剩餘的黃金。艾奇學會照顧這些人，並且為他人難過。

梅爾維爾的《白鯨記》

一場劇烈的暴風雨摧毀了船，但亞哈船長不肯改變航道。有幾個人死了，船差點沉沒。他覺得自己看到大白鯨游了過去，但船員們說那是他的幻覺。有些人認為他瘋了。

性別偏折：《奪命總動員》

查莉回到家中，在女兒的房間找到鑰匙。她望向窗外，在自己的步槍瞄準器裡看到女兒的身影，稍微放下戒心。她忖度，殺了她的另一個自我——莎曼珊——是不是做對了。

女兒被綁架，查莉決定救她一命。查莉和女兒都被逮住，一起被關在鎖上的冰庫裡等死。

▽陽性旅程「第七階段」的寫作竅門

- 讀讀陰性旅程的第四階段，用下降過程的七個問題和主角互為映照，看他是否踏在前往覺醒的道路上。
- 這個階段完成以後，你可能需要回到第一幕，添加更多代表他旅程主題的元素。
- 用他所屬原型具備的條件來幫助他奪得勝利，或是用他的缺點讓他嘗到失敗。
- 將他的感受呈現出來。想想他對周遭事件的反應。
- 用他的恐懼來對付他。

第八階段：覺醒或反叛

約翰知道自己想要繼續往山頂上攀登。他也想隨身帶著朋友的圍巾，以紀念倒下的朋友。他將圍巾綁在手臂上，繼續向上跋涉的旅程，沒有之前那麼自大了。

他趕上其他人的時候，告訴他們發生了什麼事。大夥兒同意一起行動，確保人人都能攻頂。

如果主角在上個階段末尾能夠面對死亡，他在這個階段就會邁向覺醒。但如果主角選擇抗拒死亡，在這個階段就會邁向反叛。

▽覺醒和成長

主角從自己的經驗有所學習。他正視自己的缺點和恐懼，回顧過往所做的事，領悟到自己真正的人生目標。他不再是個聽命社會指令的奴隸，而是依循自己心聲的積極創造者。如果他之前不夠積極，他在這個階段就會真的起而行動，拒絕他不想要的東西，就像陰性旅程的主角在第一幕所做的那樣。他不再局限於別人替他構築的假象、告訴他該做什麼，他明白他必須探索自己的靈魂。他不再處於報仇的模式。

主角可能會：

- 想起兒時立下的志向。
- 思考他失去了多少跟家人相處的時間。
- 為自己過去或旅程上所犯的錯請求原諒（贖罪的故事屬於此類）。
- 決定離開一段對他有害的關係或工作。

- 學會接受自己的弱點和失敗。
- 看出自己和整體的更大連結，不再害怕死亡。
- 判定自己對於目標的追求並未全力以赴，於是投注更大的努力（他原本可能不敢挺身對抗老闆）。

▽反叛和停滯

選擇這條路時，主角會變得更像反派。主角從自己的經驗並未有所學習。他不正視自己的缺點，也不承認自己的恐懼，更不會回顧自己為了實現真正的人生目標究竟有什麼作為。對死亡和失敗的恐懼蒙蔽了他。他的目標可能會有所改變，就為了以某種方式證明自己能夠超越生與死。他想要長生不老藥，以便從死神的手中復活，他願意放棄原本的目標來做這件事。

主角通常從頭到尾都沒有改變，即使他最後達成目標。他不會去審視自己、自身信念或動機。他可能會：

- 蒐羅更多槍枝和彈藥。
- 將其他人推開，獨自向前。
- 為了達成新目標，將曾經對他有意義的每個人和每件事拋諸腦後。
- 大費周章去傷害試圖阻擋他的人。
- 為了不受良心譴責，想盡辦法為自己找臺階下。如果親愛的人被反派所害而犧牲，要找藉口就很容易。

不論主角在上個階段選了什麼路線——面對死亡，還是抗拒死亡——現在都順著那條路線走下去。餘下的旅程似乎已經在眼前安排底定。他的決定宣告了他的命運。

▽第八階段的範例

《吉爾蓋宓須史詩》

當吉爾蓋宓須在尋找能為他帶來永生的人時，被警告說他這番追尋不會有結果。他後來見到了這個人，卻在永生考驗中睡著了。他對自己沒有信心。

被遣送回家時，他拿到了一株植物。這棵植物能讓他以他現有的知識重活一回，但他對這一點存疑，結果失去這株植物，落得只能空手返家。

《星際大戰》

路克決定飛回去執行轟炸死星的任務。他對自己的飛行能力頗有信心，因為他曾經成功「飛回家鄉」，但他要對死星發射最後一擊時，一定要放開過去所學，覺察自己的內在力量，而非倚靠外在力量。他告訴R2-D2要「提升力量」，可是最終讓他踏上正軌的是歐比王所說的話：「放手吧，路克，運用原力，相信我。」他從之前的教訓所獲致的成功，幫助他相信自己。

《奪寶大作戰》

艾奇決定為了他人的目標和福祉，放棄黃金、捨棄個人的目標和福祉時，得到了真正的覺醒。他們將反叛者送到邊境。這群人自知違反法律，可能會被送進軍事監獄。他們叫一位記者來現場，幫忙將反叛者的訊息傳達給大眾。

軍方的直昇機出現了，他們和反叛者手拉手，試著趕在直昇機降落前帶他們穿越邊境，可是並未成功。艾奇環顧手下，大家都點頭同意——他們用埋藏黃金的地點來換取反叛者的自由。

梅爾維爾的《白鯨記》

亞哈船長踏上反叛的道路。他追獵白鯨。整整三天，他們和白鯨搏鬥不休，卻遲遲無法殺死牠。他周圍的人陸續死去，但亞哈不肯放棄。預言實現了，但他依然不肯退讓。怒火主宰了他。他猛刺白鯨，最後自己被拖入海裡溺亡。

性別偏折：《奪命總動員》

查莉覺察的不只是對自己身為間諜的力量，現在也覺察了自己身為母親的力量。她一面擬定逃脫計畫，一面照顧女兒，並聊到養一隻小狗的事。

母女倆逃了出去，但她必須再救女兒一次。她倒在橋上奄奄一息，催女兒自己快逃，但女兒不肯離開。查莉頭一次透過民用無線電求助。她意識到自己並非孤身無援，而且有責任協助別人。她無法隨心所欲地以一擋百，也無法時時刻刻冒生命危險。她學會關懷別人，也學會關愛自己。

▽陽性旅程「第八階段」的寫作竅門

- 如果主角覺醒了，呈現他內在的紛亂和變化。在《駭客任務》裡，尼歐轉身面對致命的特務，而不是拔腿逃離。他的舉動讓我們看到他內在的轉變。他就像李小龍一樣揮揮手，召喚那位特務，想起當初和莫菲斯戰鬥的訓練場景。
- 能否有一個配角嘗試勸他放棄這個決定？
- 想出反派對主角所做決定的幾種不同反應。他會不會提高風險的層級？

第九階段：勝利或失敗

所有人一起攻上了頂峰。約翰欣喜若狂，忘了自己原本有多麼渴望成為第一且唯一攻頂的人。這一點再也不重要了。

他轉過身，領悟到這番景致就是給他的獎勵。他的視線穿越地平線，俯瞰登頂前所經歷的艱困路程。

▽勝利

如果主角在上一階段選擇覺醒，現在就會獲得勝利與獎勵。他知道自己是什麼樣的人，知道為何要為目標奮鬥，而且有勇氣和智識可以面對反派可能會使出的招數。

如果他奮戰的目的不只是要拯救自己，那麼他背後就有一批人馬。為了達成目標，他做出犧牲並安撫需要安撫的人。

他不再關注或受制於自我，為了獲取勝利而願意承認失敗。這也意味著他為了拯救整個王國，願意放下身段向國王表示臣服。

▽失敗

如果主角選擇在上一階段起而反叛，現在就會面臨失敗。他不肯為了大眾利益而放棄自我或犧牲自己。對他來說，自己在別人眼中的形象才是最重要的。他寧可貴為掌控王國的國王，也不願為了拯救王國而伏在國王腳邊。

他的反叛帶著他踏上一條不歸路。他的盲目讓他看不見什麼對他來說是真正重要的，也讓他無法面對和克服自己的恐懼。從啟程以來，他沒有多少成長。

到了這個階段末尾，他可能會領悟到自己的失敗並尋求救贖，就像日本武士為了保住榮譽而切腹自盡。

此時，他回顧過去，看清自己犯下的錯，但他明白要改變情勢為時已晚。想想《大白鯨》的亞哈船長，或亞瑟．米勒的劇作《推銷員之死》（*Death of a Salesman*）裡的威利．羅曼。他嚥下最後一口氣之前，可能一直陷在憤怒和否認之中，控訴他人招致他的滅亡。不少國王和王國的歷史故事都可歸在此類。

當心不要落入二流影片的陷阱。低成本電影裡滿是硬漢男主角，沿著一條情節主線發展，不帶悔恨地殺戮和戰鬥，最後抱得美人歸且榮耀加身。這些故事裡的主角選擇了失敗，卻得到獎賞。

但你想想，如果亞哈船長最後殺死大白鯨並存活下來，這樣該如何解讀他執迷不悟的行為？這樣可以令讀者滿意嗎？它會如何改變這個故事？這樣的《白鯨記》還算是傑作嗎？

▽第九階段的範例

《吉爾蓋伀須史詩》

吉爾蓋伀須空手回到家中，必須面對朋友和家人。他思索自己在旅程上做過的所有決定，但也意識到，要改正自己的失誤為時已晚。

《星際大戰》

路克放手並相信自己和周圍的原力。死星被徹底摧毀。他、韓索羅、丘巴卡和機器人，接受莉亞公主頒贈的勳章，並得到她子民的崇敬。

《奪寶大作戰》

艾奇和男人們成功回到家。記者大肆報導反叛者的困境，使得軍方無法將他們送進大牢。他們找到各自的事業，繼續過生活，心知他們做了正確的事。

梅爾維爾的《白鯨記》

亞哈船長葬身大海。白鯨莫比迪克撞沉了所有的船，解決了那些原本想奪牠性命的人，然後毫髮無傷游走了。

性別偏折：《奪命總動員》

查莉救了女兒、自己，以及原本會被反派殺死的人們。她身邊帶著從保險箱取出的錢。她告訴美國總統，她要回歸生活繼續當老師。

最後一個場景裡，我們看到她的髮型介於莎曼珊和查莉之間。她將一把刀子拋向樹木，臉上漾起笑容，男友就坐在她身邊。

▽陽性旅程「第九階段」的寫作竅門

- 勝利——他以自己的決定為豪嗎？即使他因此轉換了目標，是不是依然覺得自己贏得了勝利？他必須面對對他不滿的老闆，就像在《奪寶大作戰》裡那樣？
- 失敗——他會敗得有多慘？他會想扛起責任，還是怪罪別人？

- 其他角色怎麼反應——如果他失敗了，他們會棄他而去嗎？改變了目標的勝利者，會不會遭到他人批評？

附錄

運用以下的學習單來列出故事大綱。寫下你的角色在每個階段可能會有的行動。

陰性旅程學習單

第一幕

第一階段：對完美世界的幻想

◎她有虛妄的安全感。因為困在負面的世界裡，所以停止成長。

◎她以某種因應策略來閃避自己的真實處境。

◎你的角色：

第二階段：背叛或領悟

◎她重視的一切都被奪走，對於發生的事情，她無法視而不見或找藉口。

◎她被推到十字路口，不得不做出決定。

◎你的角色：

第三階段：覺醒——為旅程做準備

◎她現在該怎麼辦？她的因應策略再也派不上用場。
◎她主動為旅程做準備，為了往前走，做出扭轉人生的決定。
◎她想要重新取回自己的「力量」。
◎你的角色：

第二幕

第四階段：下降——穿過審判的大門

◎她面對自己的恐懼或障礙，可能想要回頭卻做不到。
◎她的武器不管用，它們在這裡無用武之地。
◎她面臨七大問題的其中幾個。
◎你的角色：

第五階段：暴風眼

◎她平心氣和地接受剛才面臨的磨難，以為自己的旅程已經結束。

◎她有虛妄的安全感。

◎配角可能希望她回家。

◎你的角色：

第六階段：死亡——全盤皆輸

◎發生徹底的翻轉。

◎她面對自己的死亡，或是象徵性死亡，對自己有更深的認識。

◎你的角色：

第三幕

第七階段：支持

◎她接受自己跟團體之間的連結。她屬於更大的整體。

◎某人或某事現在可以支持她，否則她可能熬不過去。來自他人的支持可以帶領她走出黑暗。

◎你的角色：

第八階段：重生——真相的時刻

◎她找到了自己的力量，帶著熱情追尋目標。

◎她已經覺醒，以截然不同的眼光看待全世界。

◎她已經以正當的方式得到了權力。

◎她面對自己最大的恐懼，依然保有惻隱之心與完整性。

◎你的角色：

第九階段：周而復始——返回完美世界

◎她回到起步的地方，回顧自己走了多遠。

◎她可能會挑選下一個人走上「下降之路」。

◎你的角色：

陽性旅程學習單

第一幕

第一階段：完美世界

◎對他來說，這個世界似乎充滿了機會。

◎他不知道自己內心深處真正想要什麼。

◎你的角色：

第二階段：朋友和敵人

◎朋友敦促他接受挑戰。

◎他可能會找到幫手和助手。

◎你的角色：

第三階段：召喚

◎他不確定自己內心深處想要什麼，他會追尋外在的目標。

◎他在乎的事物可能正處於危險之中。

◎你的角色：

第二幕

第四階段：小成功

◎略嘗成功滋味之後，讓他想要追求更高的目標。
◎這份成功如何影響其他人？
◎你的角色：

第五階段：邀請

◎他受邀步上通往覺醒的陰性路線。
◎他被問及當前的目標是不是他真心想要的。
◎他拒絕陰性路線。他蒐羅武器。他不肯放棄權力。
◎你的角色：

第六階段：考驗

◎他面臨阻礙。
◎如果他踏上了反叛之路，會有虛妄的優越感。
◎如果他正走在覺醒的道路上，會覺得原本的一切開始分崩離析。
◎周遭可能充滿了警告和預言。
◎你的角色：

第三幕

第七階段：死亡——十字路口

◎反叛——他激烈抗拒死亡，反抗自己的翻轉和改變。
◎覺醒——他面對死亡，覺得謙卑。他所有的工具都派不上用場（參見陰性旅程第四階段）
◎你的角色：

第八階段：覺醒或反叛

◎反叛——他不願正視自己的缺點，也不肯面對改變。由於他沒有任何改變，所以沒有人物弧線。

◎覺醒——他面對自己，清楚自己想要什麼。為了獲得成功，他放棄了部分權力。他願意幫助別人。

◎你的角色：

第九階段：勝利或失敗

◎反叛——帶給他失敗。他踏上了不歸路。

◎覺醒——帶給他勝利和獎賞。

◎你的角色：

兩種旅程的差異

陰性旅程	陽性旅程
結局提供了一個環形或周期的框架。	依循線性發展，有清楚的開頭、中間與結尾。
她向自己證明了自己。	他向團體證明了自己。
故事裡有一個以上的高潮。	故事裡只有一個大高潮。
她回來之後，會跟任何願意傾聽的人分享自己的經歷，並且挑選下一個人踏上旅程。	他回來之後，跟整個團體分享自己得到的獎賞。他當初就是為了他們才踏上這趟旅程。
她走的是與障礙並存的道路。	他走的是抗拒障礙的道路。
她在一開始意識到自己不曾擁有權力時覺醒。她進入「自我」才能覺醒。	當他意識到自己的權力阻絕了他的感受，終於覺醒。他一定要放開「自我」才能覺醒。
她在她的模式裡，找到了「內心」。	他在他的新模式裡，找到了「內心」。
她找到了勇氣。	他找到了勇氣。

社會的／性別的差異

陰性旅程	陽性旅程
她如果受到拯救，就無法踏上旅程。	他被教導要拯救和保護女性。
她被教導要被動和接受。	他被教導要付出、要堅強。
她得到「靈性」和自我的內在獎勵。	他最後抱得美人歸並且得到外在的獎勵。
她學習關於自然和完整一體（oneness）的事。	他學習關於勇氣和完整一體（oneness）的事。
她必須信任自己和她自己的直覺。	他必須信任自己的能力。
她住在危機四伏的世界。	他住在充滿機會的世界。
她不受社會的支持。	他受到社會的支持。

45 個人格原型
從神話模型到心理分析，幫助你了解人性，並打造獨一無二的角色與故事
45 Master Characters: Mythic Models for Creating Original Characters

---

作　　者　維多利亞．琳恩．施密特 Victoria Lynn Schmidt
譯　　者　謝靜雯
特約編輯　楊惠琪
封面設計　萬勝安
內文插畫　郭晉昂
內文排版　高巧怡
行銷企劃　蕭浩仰、江紫涓
行銷統籌　駱漢琦
業務發行　邱紹溢
營運顧問　郭其彬
責任編輯　林淑雅
總 編 輯　李亞南

出　　版　漫遊者文化事業股份有限公司
地　　址　台北市103大同區重慶北路二段88號2樓之6
電　　話　(02) 2715-2022
傳　　真　(02) 2715-2021
服務信箱　service@azothbooks.com
網路書店　www.azothbooks.com
臉　　書　www.facebook.com/azothbooks.read

發　　行　大雁出版基地
地　　址　新北市231新店區北新路三段207-3號5樓
電　　話　(02) 8913-1005
訂單傳真　(02) 8913-1056
二版一刷　2024年7月
定　　價　台幣460元

ISBN　978-986-489-977-7

國家圖書館出版品預行編目 (CIP) 資料

45 個人格原型 : 從神話模型到心理分析, 幫助你了解人性, 並打造獨一無二的角色與故事 / 維多利亞. 琳恩. 施密特(Victoria Lynn Schmidt) 著 ; 謝靜雯譯. -- 二版. -- 臺北市 : 漫遊者文化, 2024.07
328 面 ; 17x23 公分
譯自 : 45 master characters : mythic models for creating original characters
ISBN 978-986-489-977-7(平裝)
1. 寫作法 2. 心理諮商
811.1　　113009458